Les petites Tempêtes

De la même auteure

Tu peux toujours courir, roman, Montréal, Hurtubise, 2015.
La Théorie du drap contour, roman, Montréal, Hurtubise, 2016.

VALÉRIE CHEVALIER

Les petites Tempêtes

Hurtubise

Catalogage avant publication de Bibliothèque et Archives nationales du Québec et Bibliothèque et Archives Canada

Chevalier, Valérie, 1988-
  Les petites tempêtes
  ISBN 978-2-89723-993-0
  I. Titre.

PS8605.H474P47 2017   C843'.6   C2016-942410-3
PS9605.H474P47 2017

Les Éditions Hurtubise bénéficient du soutien financier du gouvernement du Québec par l'entremise du programme de crédit d'impôt pour l'édition de livres et de la Société de développement des entreprises culturelles du Québec (SODEC). L'éditeur remercie également le Conseil des arts du Canada de l'aide accordée à son programme de publication.

Financé par le gouvernement du Canada | Canadä

Illustration de la couverture : Anne-Julie Dudemaine
Graphisme : René St-Amand
Mise en pages : Folio infographie

Copyright © 2017, Éditions Hurtubise inc.

ISBN 978-2-89723-993-0 (version imprimée)
ISBN 978-2-89723-995-4 (version numérique pdf)
ISBN 978-2-89723-994-7 (version numérique ePub)

Dépôt légal : 2e trimestre 2017
Bibliothèque et Archives nationales du Québec
Bibliothèque et Archives Canada

Diffusion-distribution au Canada :
Distribution HMH
1815, avenue De Lorimier
Montréal (Québec) H2K 3W6
www.distributionhmh.com

Diffusion-distribution en Europe :
Librairie du Québec/DNM
30, rue Gay-Lussac
75005 Paris FRANCE
www.librairieduquebec.fr

Imprimé au Canada
www.editionshurtubise.com

Pour Marielle et ses petits bonheurs.

Une femme libre est exactement le contraire d'une femme légère.

Simone de Beauvoir

*Les papillons n'ont aucune chance
contre la fin du monde.*

Anonyme

Chanterelle

La première fois que je l'ai vue, elle avait les cheveux brun clair, longs, qui frôlaient le bas de son dos. Elle portait une veste en jeans trop grande pour elle, un t-shirt des Rolling Stones et des Converse rouges dont la patine indiquait qu'ils avaient fait la guerre, ou une couple de courses dans le bois. J'étais déjà assise quand elle est entrée dans le local du cours d'économie familiale, mais à vue de nez, elle avait une tête de plus que moi. C'était le tout premier cours de notre secondaire.

Elle est la seule à qui, timidement, j'ai souri. J'espérais qu'elle vienne s'asseoir à ma table, contrairement aux étudiants précédents que j'avais ignorés ou fuis du regard. On ne veut pas se retrouver avec quelqu'un de trop ennuyeux pour les travaux d'équipe. Ses yeux noirs ont balayé la classe, puis ils se sont posés sur moi. Elle s'est avancée et a laissé tomber un paquet de feuilles lignées à mes côtés.

— Salut! Je peux m'asseoir?

— Oui, oui. Salut.

J'ai jeté un coup d'œil furtif à son paquet de feuilles scellé, et je suis revenue à mon cartable neuf, prêt pour la rentrée depuis deux semaines, dans ce cours où, je l'apprendrais plus tard, je ne ferais que des *boxers* et des recettes de macaroni. Il régnait aussi, dans mon étui à crayons, un ordre de première de classe. Mon père considérait l'éducation comme la chose la plus importante dans la vie, après respirer. Les dessins que j'avais tracés sur le tissu rendaient l'ensemble un peu moins parfait; j'essayais tant bien que mal de m'affranchir du joug d'un papa protecteur, sans trop de succès.

Les premières heures dans un nouveau milieu sont décisives : le groupe nous étiquette. Il faut donc bien faire, et vite. Deux ou trois autres filles semblaient sympathiques au premier coup d'œil, mais elles finiraient par faire partie des «cool», un groupe dont je n'envierais que le nom.

Madame Bellefeuille, la prof, n'en était pas à sa première rentrée. Après avoir déploré qu'elle n'avait *jamais* les listes de présence à temps le premier jour, elle s'est éloignée à pas lents vers le secrétariat. Les élèves, jusque-là plutôt silencieux, se sont empressés de commenter l'événement. Quelques-uns ont blagué sur son âge avancé, la surnommant déjà «Dure-de-la-feuille» ou, pour les plus imbéciles, «Feuille morte». Ma voisine les a interrompus :

— Attendez donc de la connaître avant de juger.

Son ton incisif a provoqué le rire de quelques têtes fortes, mais les autres se sont tus. J'ai aimé son commentaire et envié son courage; prendre position devant un groupe déjà solidaire sur un sujet, c'était audacieux. Ça ne semblait pas l'ébranler une seconde.

Madame Bellefeuille est finalement revenue avec la fameuse liste. Elle nous a salués et nous a souhaité la bienvenue au secondaire. Puis elle a enchaîné avec la prise des présences, nous permettant de mettre un nom sur tous les visages.

— Raphaëlle Bianco.

— Présente.

Il n'y a pas eu de réaction particulière. Mon nom était italien, mais se fondait très bien dans la masse. Je passais inaperçue depuis ma naissance, ce qui me convenait, et j'étais contente que ça se poursuive.

— Bénédicte Desmarais-Faillon.

— *Peeeeace.*

Une jolie blonde avait levé la main bien haut, faisant le signe de la paix de ses doigts manucurés roses. Je m'attendais à une attitude pédante avant même qu'elle ouvre la bouche, et voilà que ce seul mot prononcé avec nonchalance, de sa voix stridente, est venu confirmer mes appréhensions. On ne serait pas amies.

— Chanterelle Létourneau.

— Présente.

Tous les yeux se sont tournés vers celle qui avait revendiqué ce nom. Ma voisine de table portait un nom de champignon! Sa musicalité était aussi jolie que son sens était moche. Qui avait envie d'être associée à un légume au goût si discutable? Je n'osais pas imaginer ce qu'elle avait dû endurer jusqu'ici. Cela expliquait probablement sa capacité à dire ce qu'elle pensait en se moquant du jugement des autres.

Les réactions ont été discrètes, allant de regards échangés à des rires contenus. Seule Bénédicte a réagi d'un «Ha!» sonore accompagné d'un sourire. Son voisin (Simon Pednault, apprendrais-je trois minutes plus tard) a ri lui aussi. Il la trouvait sans doute jolie et voulait manifestement augmenter ses chances de l'approcher. Les faibles ont toujours besoin de leaders avec lesquels s'acoquiner.

Volant au secours de ma nouvelle amie, je me suis retournée un instant pour lancer un regard réprobateur à cette impertinente.

— Il est cool, ton nom, ai-je ensuite chuchoté à ma voisine.

Je ne savais pas s'il l'était tant que ça, mais j'avais soudain un élan de compassion pour cette fille qui avait peut-être

mal dormi la veille, anticipant une nouvelle vague de juge-
ments, de commentaires et de farces plates. Ou je faisais de
la discrimination positive, ou je voyais déjà en elle un
mentor qui m'aiderait à devenir plus forte, si d'aventure
l'envie de sortir un peu de ma coquille me prenait. De toute
façon, comme je venais sûrement de me mettre à dos
Bénédicte, qui s'enlignait pour être le petit boss de la classe,
je faisais aussi bien de m'associer avec quelqu'un.

Rhum & Coke

Même si elle assumait son prénom, on ne peut pas dire que Chanterelle en était très fière. Après deux ans d'amitié, je la connaissais assez pour dire que si elle avait pu troquer celui-ci pour un banal Julie ou Stéphanie, elle l'aurait fait volontiers.

Entre copines, on s'entraidait. On a donc essayé de trouver un surnom pour ce prénom hors du commun, mais aucun ne s'avérait satisfaisant. Même si le lien n'était pas très clair, elle signait parfois Shanie, quand elle m'écrivait des lettres. Faut croire qu'on faisait avec ce qu'on avait.

Raph, c'est simple comme surnom. Une évidence quand on s'appelle Raphaëlle. Par solidarité, on a décidé qu'on m'en dénicherait un autre. Je m'appellerais Pleurotte ou Monique s'il le fallait, mais mon amie ne serait pas seule dans cette épreuve.

Presque tous les vendredis soir, j'allais chez elle après l'école pour regarder des films et peindre. Non seulement on avait la même aversion pour les mathématiques, mais on s'était découvert une passion commune pour les arts plastiques, notre cours favori à toutes les deux.

Chanterelle habitait une très grande maison en pierre grise sur le boulevard Gouin. Jamais je n'en avais vu d'aussi impressionnante. Pourtant, ses parents n'étaient jamais là – en tout cas, je ne les ai jamais croisés. Même que ça inquiétait mon père de savoir mon amie encore seule à 22 heures, quand il venait me chercher. J'ai enquêté sur le sujet pour pouvoir le rassurer. Chanterelle a éclaté de rire :

— À 12 ans j'ai eu le droit de me garder toute seule. Il était temps ! Avant, j'avais tout le temps une gardienne dans les jambes. L'horreur.

— Tes parents ne sont jamais là ?

— *Nope.* Bon, j'exagère. Ils sont là des fois. Mais ma mère passe son temps à jouer dans le corps des gens, pis mon père en transporte à l'autre bout du monde. Moi, j'étais pas prévue.

Son père était pilote pour une grande ligne aérienne, ai-je appris en creusant un peu. Il assurait de très longs vols vers l'Asie. Quand il revenait, il était complètement décalé, dormait toute la journée et repartait avant la nuit. Sa mère était chirurgienne, elle dormait parfois à l'hôpital, qui était à une heure de leur maison. Elle revenait de temps à autre entre deux quarts de travail pour se reposer, récupérer des vêtements propres et échanger quelques mots avec sa fille.

— Tu trouves pas ça ennuyant, toute seule ?

— Bof. Je fais ce que je veux.

Une femme de ménage, Diana, s'occupait du lavage et de l'épicerie. Chanterelle l'aimait bien. Diana lui demandait toujours ce qu'elle souhaitait manger, et elle lui achetait ce qu'elle voulait.

Ce soir-là, c'était du Hamburger Helper. Chanterelle nous a servi deux verres de Coke, auxquels elle a ajouté une généreuse quantité de rhum épicé. Ses parents en conservaient une grosse bouteille dans le vaisselier de la salle à manger. On a dégusté notre menu clandestin devant son immense télé, zappant pour trouver quelque chose susceptible de plaire à deux filles de 14 ans. Pas évident. On a abouti à Télé-Québec, qui diffusait *Thelma et Louise*. On avait manqué le début, mais on s'est quand même laissé prendre, complètement happées par l'histoire de ces deux femmes si différentes l'une de l'autre et si libres. Le film s'est terminé au moment où on finissait notre deuxième bol de nouilles au bœuf haché, rassasiées de corps et d'esprit. Chanterelle a éteint la télé après le générique, comme pour ne pas diluer l'intensité des émotions qui nous habitaient.

Après discussion, on a statué 1) que Brad Pitt méritait le titre du plus beau gars du monde ; 2) que les deux filles dans ce film étaient géniales ; et 3) qu'on voulait être comme elles.

On serait Thelma et Louise, les inséparables.

Zach

Il était emballeur à l'épicerie. Costaud, pas très grand. Les cheveux châtains, droits, coupés courts. Il avait les yeux noisette et de longs cils; je m'en souviens, ça m'avait frappée la première fois que je l'ai vu.

Chaque fois qu'on se croisait, j'avais l'impression qu'on se connaissait, mais on ne se disait jamais bonjour. Puis il y a eu cet après-midi où j'ai acheté de quoi sustenter une armée pour l'anniversaire de papa. Mon panier débordait – l'anniversaire d'un Italien se célèbre avec beaucoup, beaucoup de nourriture. Quand il m'a proposé d'apporter ma commande jusqu'à l'auto, j'ai répondu «pas besoin», par gêne ou par orgueil. En me voyant essayer de prendre les cinq sacs de papier dans mes bras (je voulais éviter d'avoir à rapporter le panier), il ne m'a pas laissé le choix:

— Livraison à l'auto non négociable!

Je l'ai trouvé drôle. On a marché en silence, mon «son» préféré, même brouillé par le grincement des roues métalliques d'un panier sur l'asphalte.

— La Civic?

— Non, la vieille Caravan bordeaux, juste là. Décevant, hein?

— Ben non, ben non. C'est parfait pour le ciné-parc…

— Hmm, c'est sûr.

Je lui ai souri pendant qu'il déchargeait le contenu du panier dans le coffre de Bertha. Ses mains étaient costaudes. Puissantes aussi, à voir l'aisance avec laquelle il manipulait les sacs. À peine étaient-elles libérées, c'est son courage qu'il a empoigné sans effort pour me lancer :

— Si je t'invitais au ciné-parc, accepterais-tu ?

Flattée, je suis probablement devenue aussi rouge que Bertha.

— C'est trop intense, hein ? S'cuse-moi, on se connaît pas. Oublie ça.

— Non, non. Ça me tente.

On s'est dit « cool », « ouais, cool », puis « bye », maladroitement, jusqu'à ce que je comprenne notre bêtise.

— Ben… Veux-tu prendre mon numéro ?

— J'avoue, ça irait mieux !

Il est revenu sur ses pas, a fouillé dans son tablier et en a sorti un crayon, mais il n'avait pas de papier. Il a rouvert la porte du coffre de la voiture et a arraché un bout de sac d'épicerie sur lequel il a gribouillé quelque chose avant de me le tendre.

Zach. Il s'appelait Zach.

Je l'ai trouvé mignon, mais je ne lui ai pas dit, ni à ce moment-là ni quand je suis passée le chercher le mercredi suivant.

Ciné-parc

Comme chaque fois que j'empruntais Bertha, papa m'a tendu les clés en me rappelant d'être «prudente». Je ne lui ai pas dévoilé mon plan. Officiellement, j'allais «acheter des toiles et de la peinture à la Coop UQÀM pour Chanterelle», puis «on allait peindre chez elle». Ce petit mensonge bien orchestré m'a permis de retirer la banquette arrière et les deux sièges du milieu sans éveiller les soupçons; ça prend de la place, des canevas dont la taille est proportionnelle à notre ambition. Dans les faits, je prévoyais surtout étaler les couvertures que j'avais emportées (afin de séparer les toiles, avais-je dit), afin qu'on puisse s'étendre pour profiter du film. Et peut-être de nous.

Le mercredi soir, il y avait des soirées thématiques au ciné-parc de Saint-Eustache. Ce soir-là, on avait le choix entre trois films de Tarantino; on a opté pour *Pulp Fiction* sans hésiter. Ça allait de soi.

Quand je suis arrivée chez lui, il m'attendait sur le balcon. Ça m'a troublée parce que j'avais cinq minutes d'avance; je comptais utiliser ce temps pour replacer mes cheveux dans le rétroviseur et prendre une menthe. J'allais donc devoir attraper mon sac en douce durant le trajet. C'est gênant, se faire remarquer alors qu'on prend une menthe pendant une première *date*! Ça indique tout de suite à l'autre notre intention de l'embrasser. Je devais faire ça subtilement. J'y suis parvenue quand on est sortis de la voiture pour acheter du maïs soufflé et faire pipi : *Pulp Fiction* dure quand même presque trois heures.

Je m'étais stationnée à reculons. Si on souriait autant, c'était surtout parce qu'on était gênés. J'avais eu hâte d'être à ce rendez-vous toute la journée, mais on aurait dit qu'il était décevant. Du moins, pas aussi excitant que je l'avais imaginé.

J'ai la chance (ou pas) d'avoir beaucoup d'imagination.

C'était la première fois que j'allais au ciné-parc, mais je ne lui ai pas dit. Chanterelle m'avait briefé et je savais comment ça fonctionnait. Le hayon ouvert, la tête appuyée sur les couvertures roulées – celles qui n'avaient pas été étendues à la grandeur du véhicule –, on a regardé le film après avoir syntonisé le bon poste de radio. L'habitacle est devenu un petit cocon chouette et franchement romantique. Ce serait peut-être amusant, finalement. On pigeait notre pop-corn dans le même sac et on partageait une paille pour boire notre Orange Crush : les rapprochements allaient bon train.

C'est pendant qu'Uma Thurman dansait sur *Girl You'll Be a Woman Soon* qu'il m'a demandé si je voulais «qu'on le fasse». On s'embrassait depuis une bonne demi-heure déjà et j'avoue que j'y avais pensé moi aussi. Par contre, au moment de passer à l'acte, je me suis mise à m'interroger sur le degré de transparence des vitres et sur la qualité de la suspension de Bertha. À quel point ça rebondirait ? Une première fois, ça ne devait pas non plus être la grosse affaire, non ? *Oui ?* Je devais arrêter de réfléchir. À 17 ans, il était plus que temps. Certes, on ne se connaissait pas, et je savais que papa n'aurait pas apprécié que j'y songe seulement, mais comme Chanterelle l'avait fait depuis longtemps, je trouvais que c'était le bon moment. Elle m'avait d'ailleurs tout dit sur ça aussi, si bien que je connaissais les étapes ; il ne me restait plus qu'à les franchir une à une. Qu'importe si la relation durait ou pas, je pourrais au moins cocher ce projet sur ma liste : j'aurais enfin fait l'amour.

On a donc fermé le hayon et on a fait l'amour dans la Caravan de papa ; Bertha a vu ma virginité s'envoler devant un film de Tarantino.

Les mains de Zach étaient maladroites ; quand je les ai senties s'attarder sur le bouton de mon short, j'ai prié pour qu'il réussisse à le déboutonner sans que j'aie à intervenir. Il me semblait que ce serait un bon départ. Après quelques tentatives infructueuses, je me suis résignée et je lui ai donné un coup de pouce en me demandant si je faisais bien... Il semblait tout de même savoir où il s'en allait, et au point où on en était, aussi bien aller jusqu'au bout.

Il a sorti un condom aux fraises qu'il conservait dans son portefeuille. Je lui ai enfilé comme je l'avais fait sur la banane dans le cours de formation personnelle et sociale en première année du secondaire. Ça faisait un bail, mais je m'en souvenais comme si c'était hier.

Ça a fait un peu mal, mais pas trop. Je n'ai même pas saigné, ce qui m'a déstabilisée ; dans le scénario de Chanterelle, ça devait arriver. Tant mieux, car je n'ai pas eu à expliquer à Zach qu'il était *mon premier* ; peut-être même qu'il a cru que j'avais eu plein de chums avant lui. Bon, probablement pas, mais la discussion gênante avait été évitée.

Je ne peux pas dire que j'aurais eu moins de plaisir si on avait juste englouti le sac de jujubes et le reste du pop-corn en s'embrassant. Je n'ai pas été aussi excitée que je le prévoyais. Encore une fois, mon imagination m'avait joué un tour. J'allais devoir me faire à l'idée que la réalité, c'était plus ordinaire.

Il a emprisonné le condom dans une *napkin,* on s'est rhabillés un minimum, puis on a rouvert le hayon et respiré l'air du soir. Je me sentais légère. Plus qu'avant, comme si le poids de ma jeunesse venait de disparaître à la façon de l'Orange Crush dont il ne restait que quelques gouttes au fond du verre de carton. On a repris le film au moment où Bruce Willis fuit le match de boxe alors qu'il vient de tuer son adversaire. Il était tout en sueur, et nous aussi. On a fini par sécher, terminer les jujubes et le film, puis je l'ai raccompagné chez lui. Je lui ai dit bonne nuit, mais je savais que c'était un adieu. Ce ne serait pas avec lui que je poursuivrais ma route.

Je t'ai, tu m'as

— Un jour, je vais le trouver mon shiitake. La vie est bien faite, alors je me dis qu'en commençant si mal, elle devrait finir par bien aller !

C'est ce que Chanterelle m'a dit alors qu'on se rendait à notre bal des finissants en métro, habillées beaucoup trop chic pour notre environnement. On avait insisté pour y aller en transport en commun – une autre extravagance signée Thelma et Louise. Très peu pour nous, faire les choses comme les autres. On avait d'ailleurs déniché nos robes dans des friperies et c'était assurément deux des plus belles tenues de la soirée, acquises à une fraction du prix que les autres avaient payé.

Que voulez-vous, le style, ça ne s'achète pas.

Ni elle ni moi n'avions de cavaliers et on s'en fichait ; on s'accompagnait l'une l'autre et c'était parfait ainsi.

À l'école, les cool de Bénédicte Desmarais-Faillon nous avaient déjà traitées de lesbiennes. Sur le coup, je n'avais pas su quoi répondre. Si Chanterelle n'avait pas été là, je serais sans doute restée figée près des casiers, tétanisée devant la beauté malveillante de nos rivales. Mais Chanterelle a éclaté de rire et je l'ai imitée. Finalement, c'est Bénédicte et sa bande qui n'ont plus su quoi dire, et elles sont reparties en nous maudissant.

Ce jour-là, j'ai compris qu'auprès d'elle, rien de bien grave ne pourrait m'arriver.

Et qu'en riant, tout finit par mieux passer.

Roadtrip

Un été, Chanterelle et moi, on est parties ensemble. Je venais tout juste d'avoir 17 ans, il fallait fêter ça. Pas aux États-Unis, parce qu'on n'aurait pas pu boire – ça aurait été stupide. Chez nous, par contre, c'était facile de se faufiler dans les bars quelques mois avant la majorité. On a donc opté pour le nord-est du Québec, pour être un peu dépaysées et avoir à rouler longtemps. On voulait se taper le parc des Laurentides et aller jusqu'au bout de cette route, au Lac-Saint-Jean. C'était le plan parfait.

J'ai emprunté Bertha à papa, à qui j'ai laissé mon vélo comme seul moyen de transport pour la semaine. Il était tellement gentil d'accepter. «Ton cadeau de 17 ans», qu'il a dit, avant de déposer sur la banquette à mon attention une bouteille de champagne entourée d'un ruban et d'une petite note :

Bonne fête Butterfly!
Ti amo.
Papa xx

J'avais certainement le meilleur papa du monde.

Le trajet a été agréable. Lou (même les surnoms peuvent avoir des diminutifs) et moi, on se relayait derrière le volant. On changeait de conductrice à chaque pause pipi et celles-ci étaient nombreuses : novices des longs trajets comme nous étions, on avait calé des thés glacés et des Mountain Dew dès le départ, tout en se gavant de chocolat et de chips. Peu importe. Chanterelle avait gravé un CD de nos chansons préférées juste pour notre périple. On a donc fait la route les fenêtres baissées, en chantant à tue-tête *It's Gonna Be Me* de NSYNC, *All The Small Things* de Blink-182, *I Try* de Macy Gray... C'était les vacances, la *dolce vita*. Le monde nous appartenait. Il ne nous en fallait pas plus pour être heureuses.

On avait réservé une chambre à l'Escale de Chambord, un petit motel sans prétention et parfait pour nous. On s'est partagé un lit *queen*; c'était moins cher que deux lits doubles, et toute économie constituait une grande victoire, dans nos têtes, du moins.

Nos jobines respectives n'avaient pas fait de nous des femmes riches, mais on avait économisé suffisamment pour nous permettre cette petite escapade. Chanterelle avait travaillé au camp de jour de son quartier. Son nom de monitrice était Champignon, et tous les jeunes la trouvaient formidable. Une douce revanche. Moi, je bossais au Tim Hortons. C'était peut-être moins excitant, mais gérer un groupe d'enfants ne faisait pas partie de mes ambitions. Je buvais donc des cappuccinos glacés en grande quantité, et, malgré le très peu valorisant uniforme beige, j'aimais bien cet emploi; j'obtenais un peu de pourboires, et ça me permettait de travailler toute l'année.

Quelques jours avant, on était parties en autobus pour faire les boutiques aux Galeries d'Anjou. On voulait s'acheter un nouveau maillot de bain à étrenner sur les plages du lac Saint-Jean. On en avait tellement besoin!

— Tu trouves pas que ça me fait un bourrelet?

— Non. T'as juste des formes de femme, pis c'est beau.

Chanterelle doutait, examinait son corps dans le miroir, sculpté par les lumières des néons.

— Louise ne se poserait pas de questions, elle prendrait juste le maillot qu'elle aime.

— T'as ben raison. Je le prends !

J'avais pour ma part jeté mon dévolu sur un deux-pièces à taille haute, noir à petits pois blancs. Ça faisait années 1950, et je le trouverais probablement tout aussi beau l'année suivante, et celle d'après. En fait, je n'ai jamais aimé suivre les tendances, point. Il est vrai que ça ne faisait pas partie de mon éducation ; l'argent ne pleuvait pas à la maison. Mais ça me plaisait bien de ne pas faire comme les autres. Je préférais inventer mon look au gré de mes trouvailles et de mes envies, plutôt que de me plier aux diktats des magazines et des grandes marques. C'était ma petite rébellion.

John

On a fait de notre chambre à l'Escale notre quartier général. Le jour, on partait pour la plage, équipées de serviettes, de crème solaire et de quelques revues. À midi, on s'arrêtait à l'épicerie pour se faire un snack, ou dans une friterie pour engouffrer des burgers et de la poutine. En fin de journée, avant de sortir, on se pomponnait, on chantait avec nos brosses à cheveux, on buvait de la bière en se mettant du vernis à ongles et en notant tous les gars qu'on connaissait sur 10, débattant de chaque point accordé. Après on sortait au Serg-Inn, à cinq minutes à pied; c'était le bar le plus proche – dans les faits, le seul de la ville. Si on était motivées, on roulait jusqu'à Roberval et on allait à la Brassette ou l'Amaretto.

Un soir, on a croisé deux frères. Ils étaient plutôt mignons. Ils venaient du Nouveau-Brunswick; ils étaient en voyage, eux aussi.

— Louise, enchantée.

J'ai fixé Chanterelle qui m'a encouragée d'un regard où on pouvait lire: «Allez, il faut bien s'amuser!» Je lui ai emboîté le pas.

— Salut! Moi c'est Thelma, ai-je dit en faisant la bise aux deux garçons.

Ils n'ont pas relevé que c'était toute une coïncidence que deux amies portent le même nom que les deux héroïnes d'un film culte ; ou peut-être qu'ils ne connaissaient rien au cinéma, tout simplement. Dans tous les cas, c'était tant mieux. Chanterelle a tout de suite fraternisé avec Sébastien, le moins timide. C'était aussi le plus grand et le plus vieux. L'autre était plus réservé. On a jasé un peu, par défaut. Il s'appelait John, il avait 22 ans et il travaillait à la pépinière de son oncle à Bathurst. Je trouvais son accent charmant, sans montrer autant d'enthousiasme que Chanterelle, qui frenchait Sébastien à pleine bouche avant même la deuxième tournée de shooters.

— Elle est-tu toujours comme ça ? m'a-t-il demandé, en se moquant un peu de mon amie.

— Hmm, oui et non. Ton frère, lui ?

— Bof. Oui pis non, a-t-il concédé, amusé.

On était complices devant le spectacle sans retenue qui s'offrait à nous. Chanterelle était maintenant assise sur Sébastien… Les heures ont passé, le bar n'allait pas tarder à fermer, il était temps de rentrer. En discutant, on a compris qu'on logeait tous à l'Escale.

— *No way !* Seb, les filles sont à l'Escale, elles aussi !

La nouvelle a fait son effet : Sébastien s'est interrompu et, à voir sa tête, ça semblait une excellente nouvelle. Moi, j'avais des doutes.

On a fini nos pichets et on est sortis les quatre ensemble. Chanterelle et Seb avançaient bras dessus bras dessous, titubant un peu et s'embrassant souvent. Nous, on marchait derrière eux, pour les surveiller et parce qu'on n'était pas pressés. À un moment, John a pris ma main. J'ai senti un frisson ; je n'étais habituée ni à ce genre de rencontres ni à ce qu'un gars s'intéresse à moi, point. Ça devait être l'air du lac qui faisait friser mes cheveux de la bonne façon, ou le soleil qui avait accentué la pigmentation dorée de ma peau. Cette escapade avec Chanterelle me donnait l'impression d'être invincible. Je ne risquais rien. Ou alors, j'avais juste cessé d'avoir peur, pour un soir au moins. J'étais Thelma. Je n'ai pas lâché sa main et on a continué à marcher.

Je me souviens avoir trouvé que ses doigts étaient rudes. En même temps, le seul qui m'avait caressé auparavant était emballeur dans une épicerie ; ce n'était pas un métier extrême. En fait, c'était peut-être toujours comme ça, normalement, des mains de gars : un peu rugueux.

Quand on est arrivés devant le motel, Chanterelle a grimpé sur le dos de Sébastien en passant ses bras autour de son cou. Ils se sont retournés le temps qu'elle puisse crier :

— ON PREND LA CHAMBRE DES GARS ! Bonne nuit !

On a souri en les regardant partir au galop. On prendrait donc la chambre « des filles ».

On a fait l'amour tendrement. Je ne savais pas que ça se pouvait, rire en faisant l'amour. Sans être gêné, sans calculer. On s'embrassait en emmêlant nos corps. Le sien était bronzé et musclé, plus que sa chemise ne l'avait laissé entrevoir. Ça devait être plus exigeant de transporter des plantes en pot que des sacs d'épicerie.

On s'est endormis en cuillère, ses bras m'entourant afin de me réchauffer. L'air conditionné soufflait trop fort dans la chambre ; j'aurais pu l'éteindre, mais j'étais trop bien pour me lever. Je comptais profiter au maximum des heures qui passaient en vue de me sustenter de leur souvenir plus tard, sans amertume ni regret.

Choix de carrière

Le mois suivant, j'entrais au cégep du Vieux-Montréal. J'étais admise en sciences humaines. C'était un choix de raison, mais «ça m'ouvrirait des portes». J'avais fini par m'en convaincre.

Il faut dire que la prof d'éducation au choix de carrière m'avait tellement déconseillé le programme d'arts visuels, ça aurait été presque insensé de m'y inscrire. Un programme qui, selon elle, «te destine à manger du beurre de *peanut* jusqu'à la fin de tes jours». Rien de moins! Elle n'avait pas manqué de me rappeler au passage que Vincent Van Gogh n'avait connu le succès qu'après sa mort, comme bien d'autres artistes, d'ailleurs. J'en avais parlé à mon père, mon complice de toujours, même si je connaissais déjà sa vision des choses...

— C'est sûr que ça ouvre plus de portes, un programme de sciences...

— Oui, mais toi, tu fais ce que tu aimes!

— J'ai appris à aimer ce que je fais. C'est différent.

Papa était peintre industriel depuis une quinzaine d'années, mais avant ça, il avait été concierge, serveur, éboueur... Son premier emploi en arrivant au Québec avait été plongeur dans une cafétéria. Il avait 17 ans. C'était là qu'il avait rencontré Emilio, qui était devenu son meilleur ami et mon parrain d'adoption.

— Tu penses que je pourrais apprendre à aimer ce que je fais, même si je ne peins pas ?

— C'est toi qui sais, Butterfly. Mais quand on a un bon salaire et une belle qualité de vie, c'est plus facile, j'imagine... Tu ne crois pas ?

— Ouin...

En pensant à Chanterelle, à sa maison géante et à ses parents absents, j'ai eu un doute, mais je l'ai effacé de mon esprit en observant papa. Mon papa d'amour, qui avait travaillé si dur pour se rendre là où il était, pour m'offrir une vie décente. Si je pouvais avoir les moyens de lui remettre ne serait-ce qu'un dixième de ce qu'il m'avait offert, ça valait le coup d'essayer. Je voulais aussi être digne de son amour et de sa fierté.

Je continuerais donc de peindre pour le plaisir, le soir et le week-end. Et le reste du temps, je gagnerais de quoi me payer tout plein de bonnes choses à manger.

Eliott

Sa barbe était tellement épaisse, je me demandais si je trouverais sa bouche au travers.

Son nom, je l'ai su quand Marco l'a crié d'un bout à l'autre du terrain de volley-ball, l'été qui a suivi notre première année de cégep. J'avais connu Marco dans mon cours de philosophie et rationalité, un cours ennuyant à mourir, mais qui avait comme principale qualité de se conclure par un gros travail d'équipe. On s'était liés d'amitié, et il m'avait présenté sa bande avec laquelle j'ai procrastiné et fumé quelques joints dans le parc. On était très efficaces, quand il s'agissait de ne pas étudier.

— Elle est pour toi, celle-là, mon Eliott! SERVICE!

Le lancer était puissant et précis, et pourtant, il l'a intercepté habilement. Claudie lui a fait une passe et il a signé la fin du jeu en smashant le ballon à quelques pouces de mon nez. C'était trop fort et trop rapide, je n'ai rien pu faire. Eliott avait fait son coq pour narguer Marco qui l'avait défié, mais il a baissé la voix pour s'adresser à moi. C'était la première fois.

— Désolé, c'était pas contre toi, mais il la méritait.

— C'est vrai! C'est bien la seule raison pour laquelle je ne l'ai pas touchée…

Il a ri. J'ai réussi à garder mon sérieux juste assez longtemps pour bien assumer ma blague, puis je lui ai rendu son sourire.

Pendant le pique-nique, on a partagé les chips aux cornichons. Sa main et la mienne allaient et venaient dans le sac sans jamais se frôler. Ça viendrait plus tard, après trois autres parties de volley, les sandwichs de Joëlle, les canettes de bière Grolsch, et une marche du Plateau jusqu'à Rosemont où ils habitaient presque tous. Pour une fois, j'étais contente de vivre ailleurs. Les autres joueurs se sont éclipsés en route, rue Saint-Grégoire, rue Bellechasse, rue Beaubien, rue Saint-Zotique. Nous nous sommes retrouvés tous les deux.

Je devais monter jusqu'à Jean-Talon pour prendre la ligne bleue, mais j'aurais préféré aller jusqu'à Faillon, ou Fleury, pourquoi pas, parce que l'air était chaud, que ça sentait le gazon frais coupé, et que j'aimais le son de sa voix. Elle racontait joliment les choses. Arrivée devant le métro, j'ai eu envie de continuer avec lui.

— Tu vas jusqu'où?

— Toi?

— Jusqu'ici, mais j'aurais le goût de marcher encore.

— C'est ce que je me suis dit aussi tantôt en passant devant chez moi.

On s'est regardés, se jaugeant l'un l'autre, analysant nos possibilités. Je pense qu'on s'est embrassés en même temps. Sa barbe formait un petit nuage laineux autour de notre baiser. Ça ne piquait pas vraiment, de toute façon la douceur de ses lèvres me faisait tout oublier.

Origami d'amour

On s'est fait une histoire à notre goût, comme on tricote un chandail pour affronter l'hiver.

Eliott était bon pour moi, toujours tendre et attentionné, comme lorsqu'il attendait à la cafétéria du cégep que j'aie fini mes cours, même si les siens étaient terminés depuis longtemps, en me confectionnant des sculptures avec des serviettes de table. Un cygne, une grenouille, un oiseau. Il me les offrait comme des fleurs, et moi, hippie comme j'étais, je les plantais sur une broche de métal et les glissais dans un vase à la maison. J'étais rendue avec tout un bouquet de poésie en pot. Ça amusait papa. Des fleurs non périssables, de l'amour fait main. Il était joli, notre bonheur. Tout simple.

Il étudiait en sciences pures et sciences de la santé, un programme auquel, même avec beaucoup d'intérêt, je n'aurais jamais pu m'inscrire. Il était travaillant, mais surtout brillant; on aurait dit que tout lui réussissait. Pour moi, c'était différent. Je n'avais jamais aimé l'école. Je gribouillais dans les marges de mes cahiers, j'avais hâte de revenir à la maison pour peindre. Papa m'avait laissé transformer le salon en atelier, j'y passais parfois des heures avant de me résoudre à étudier. Quand je dormais à l'appartement d'Eliott, c'était plus facile, il avait tellement de textes à lire que ça m'obligeait à devenir studieuse... jusqu'à ce que je me tanne et que je prenne les grands moyens pour qu'il abandonne ses livres. J'ai expérimenté plusieurs techniques, mais chuchoter des indécences à son oreille et retirer mon chandail s'avéraient les meilleures stratégies pour le faire flancher.

Un soir, je me suis écroulée en pleurs pour aucune raison. Le stress de la fin de session, la fatigue surtout. Rien ne fonctionnait. J'avais beau lire mes notes et les relire, je ne me souvenais de rien. Il m'a bercée dans ses bras en me caressant les cheveux et s'est opposé avec véhémence à mes «ch'pas bonne» et «j'y arriverai jamais!», en me répétant tout le contraire:

— Ben oui, t'es bonne, Raphaëlle! On dirait juste que tu le sais pas et que tu te décourages.

— Si moi-même je le sais pas, ça doit pas être si vrai.

— C'EST vrai. Si tu le crois pas, c'est peut-être qu'on te l'a pas assez répété.

Et j'ai pleuré encore plus fort parce qu'il avait raison. J'avais une confiance en bâton de *popsicle*, une estime de moi aussi solide qu'un château de cartes. C'était étonnant qu'il ne s'en soit pas rendu compte plus tôt. J'avais une grotte au milieu du cœur, un trou béant – gracieuseté de ma génitrice qui avait fui bien égoïstement le foyer familial. J'ai reniflé bruyamment ma colère en me répétant que tout ça, c'était la faute de ma mère. Puis je me suis ressaisie: non, elle n'aurait pas ce pouvoir sur moi. Si elle n'avait rien à voir avec mon bonheur, je ne pouvais pas la blâmer pour mon malheur non plus. Il ne tenait qu'à moi de la bâtir, ma confiance. Avec un peu d'aide, peut-être.

— Tu es forte, mais tu n'as pas d'armure! Tu es peut-être la plus vulnérable et la plus sensible, mais tu es aussi la plus vraie. Et ça, c'est une force. Ta force.

Ses pouces ont balayé mes larmes et mes doutes, et si j'ai pleuré encore un peu, c'était d'apaisement. Comme je l'admirais! Je me suis dit que je ne le méritais pas, mais je me suis tue, espérant que cette idée me passerait.

Ses mains étaient réconfortantes. Ses doigts n'avaient qu'à se poser sur mes trapèzes, ma joue, mon cou, et toutes mes tensions fondaient. Mon corps, enfin délié, pouvait respirer plus librement. Ce soir-là, je me suis endormie dans ses bras avec la conviction que je n'aurais jamais plus besoin d'armure pour protéger mon cœur. J'avais trouvé mon château fort.

Eliott s'est tout de même penché sur mon cas.

Un soir de canicule, alors que l'été hâtif nous collait au corps, rendant mon sommeil fragile, je l'ai entendu chuchoter à mon oreille: «T'es super! T'es belle! T'es intelligente!» Il répétait ces mots tout doucement, comme un mantra. Je n'ai pas bougé pour ne pas l'interrompre, et je me suis rendormie sur ses incantations.

Le lendemain, faisant l'innocente, je lui ai demandé s'il m'avait parlé pendant mon sommeil. Pas du tout démonté, il m'a répondu:

— Oui! Je fais du renforcement positif la nuit. Je me dis que ça ne peut pas nuire. C'est important, le subconscient.

Dans des moments comme ceux-là, comme souvent d'ailleurs, je ne trouvais pas les mots pour lui répondre. Je me contentais de lui sourire avec mes yeux, avant de poser mes lèvres sur les siennes.

Ça, ça va me manquer

J'avais été acceptée à Concordia en *Fine Arts*. Je n'ai jamais été très émotive, mais j'ai versé une petite larme en ouvrant l'enveloppe contenant ma lettre d'admission. J'ai attendu impatiemment que papa revienne du travail ce soir-là. Quand il a lu la lettre, il a pleuré pour de vrai, lui, et il m'a embrassée avant de me serrer très fort dans ses bras.

Après deux ans de cégep dans un programme que je n'aimais pas, j'ai conclu que ce n'était pas pour moi, les sciences et les humains. J'avais fait des demandes d'admission à l'UQÀM et à Concordia, présentant un portfolio peaufiné pendant des semaines. Jamais je n'avais travaillé autant sur un projet. Papa m'avait aidée en étant prévenant et critique à la fois. Résultat, j'ai été acceptée aux deux universités – n'en déplaise à cette méprisante prof d'éducation au choix de carrière qui m'avait fait repousser mon bonheur de deux ans.

À mon sens, la fierté dans les yeux de mon père valait plus que tout l'argent que j'aurais pu gagner avec «une bonne job». Au fond, je m'en fichais de manger juste du beurre d'arachides pas bio et trop salé, et d'être juste reconnue après ma mort, si jamais ça devait arriver. Au moins, je vivrais heureuse.

J'étais sur un nuage.

Chanterelle, qui gagnait déjà sa vie avec sa peinture à Toronto, a hurlé au téléphone quand je lui ai annoncé que je rejoignais les rangs des apprentis artistes.

— *NO WAYYYYYYYYY!*

— C'est fou, hein?

— Mets-en! Ah, j'aimerais tellement pouvoir te serrer dans mes bras et t'offrir une bière pour célébrer!

— Garde ça en banque pour la prochaine fois que tu viendras.

Elle ne revenait pas souvent, mon amie. Elle était passée directement du secondaire au bac en arts à Toronto. Je crois que c'était une façon de fuir ses parents et le vide assourdissant de leur trop grande maison. Une protestation contre l'ordre établi aussi, le besoin de ne pas faire comme les autres, de détourner la rivière, de la sortir de son lit. Il n'y avait que Chanterelle pour agir ainsi.

Après avoir eu la surprise de découvrir que leur «gentil champignon» voulait quitter le nid, ses parents lui avaient proposé de payer son loyer, ce qu'elle avait accepté sans effusion.

À partir de sa deuxième année d'études, Chanterelle a vécu une liaison avec un de ses profs. Contrairement à tous les amants qui avaient fait la file à la porte de son cœur, celui-là avait semblé trouver la clé pour y entrer. Cinq mois plus tard, c'était elle qui emménageait chez lui. Elle avait son atelier dans leur appartement et vendait ses toiles à gros prix, dans une galerie *hip* de West Queen West où son amant avait des contacts. Elle passait rarement à Montréal. Quand c'était le cas, elle dormait à la maison et je faisais des réserves de sa présence. Le reste du temps, on faisait exploser nos forfaits cellulaires.

Le samedi suivant l'heureuse nouvelle, papa a tenu à souligner cette étape marquante de ma vie. Désormais, tout comme lui, je vivrais pour la peinture. Ça l'émouvait et ça me faisait plaisir de découvrir qu'on pouvait être encore plus proche l'un de l'autre grâce à ça, si seulement c'était possible. Le départ de ma mère nous avait soudés comme peu de pères et de filles le sont. Comme quoi il y a du bon dans tout.

On avait invité Emilio à se joindre à nous. Il faisait partie de la famille, sa présence allait de soi. Papa avait passé l'après-midi à mitonner des gnocchis maison et la recette secrète de sauce *alla bolognese* de sa mère, en écoutant du Ray Charles à plein volume. Ça me touchait de le voir chanter et se risquer à quelques mouvements de danse entre deux coups de cuillère. Je le trouvais beau.

Le repas fut un vrai délice. On a sabré le champagne qu'Emilio avait apporté pour l'occasion. Eliott est venu nous rejoindre pour célébrer et on a bu tous les quatre. On a trinqué au bonheur. À celui qui s'installe, et non à celui qui s'échappe.

Les hommes de ma vie savaient fêter.

Deux semaines plus tard, Eliott m'apprenait qu'il était accepté en génie physique à la prestigieuse Standford University, en Californie. Il avait reçu une bourse d'excellence, alors qu'on n'en remettait que cinq par année dans toute la province de Québec. Ce n'était pas étonnant : il était le meilleur. Quand la nouvelle est tombée, ça m'a tout de même fait mal. À lui aussi. Je l'ai vu dans ses yeux. J'étais heureuse pour lui et très fière, mais je savais ce que cela signifiait.

On en avait déjà parlé. Il allait partir pour trois ans minimum... Les départs sont difficiles à gérer – je parle en connaissance de cause –, mais aimer quelqu'un qui est loin, c'est pire. Je le savais trop bien, et je n'avais pas envie de me mettre à le détester lui aussi. Pour me protéger du manque, j'ai réussi à le convaincre qu'il valait mieux nous dire adieu.

Ça s'est fait progressivement. Dans le calme. Connaissant la date d'échéance de notre histoire, on en a peut-être même profité plus fort, en savourant tout ce qu'on voulait garder dans nos mémoires. Chaque jour, on se disait au revoir. Entre un baiser fougueux et une grasse matinée, on se remerciait. Et chacune des choses qu'on aimait se terminait sur un brin de nostalgie verbalisé tout simplement : « Ça, ça va me manquer. »

On utilisait ces mots à toutes les sauces. Après un orgasme, un câlin dans la douche, un bec devant le métro, une bière de fin de journée dans son salon, un regard amoureux lors d'une fête, une sieste au parc... Nous allions nous ennuyer de beaucoup de choses, finalement, et c'était beau de le constater pendant qu'elles étaient encore là.

Ça me touchait aussi de découvrir ce qui lui plaisait chez moi.

« Ça, ça va me manquer », soufflait-il au passage dans mon oreille, alors que je me maquillais en sous-vêtements dans sa salle de bain. « Ça, ça va me manquer », chuchotait-il sur ma nuque, tandis que j'hésitais depuis 15 minutes devant ma garde-robe, me demandant ce que j'allais porter pour l'anniversaire de sa mère. Préférait-il la robe rouge et les talons hauts noirs ou la robe bleue et les talons crème ? Il me souriait. Ça lui importait peu, c'était moi qu'il aimait.

Un après-midi, j'étais hors de moi après avoir raccroché la ligne au nez d'un commerçant de mon quartier. Le propriétaire du café où je voulais exposer demandait que je lui remette 60 % du prix de mes œuvres vendues sur « son territoire ».

— C'est un montant complètement indécent pour le marché ! ai-je crié. Il pense quoi ? Qu'il possède une galerie dans le Vieux-Montréal, pour percevoir un pourcentage pareil? Et ce sera quoi après, je les *donne*? Qu'il se les mette où je pense, ses 60 %!

Le renforcement positif avait peut-être porté fruit, finalement.

Mon chum (pour un mois encore) m'a serrée dans ses bras, amusé. Puis il a dit:

— Ça aussi, ça va me manquer.

J'ai pris deux semaines de vacances au nouveau café où je travaillais depuis un moment, pour profiter du temps qu'il nous restait. Avant le baiser douloureux qui s'est éternisé devant la porte de son appartement. Avant la fin de nous deux. Avant le début du reste.

Romados

On a rempli Bertha à pleine capacité ; il restait juste assez de place pour qu'on puisse s'asseoir à l'avant, papa et moi. Emilio avait emprunté, à un client de son garage, un camion dans lequel on a réussi à mettre mon lit, mon bureau, ma commode, mon chevalet, mes coffres de peinture, bref, tout ce qui restait.

Mathilde, une collègue du café, cherchait une coloc. Elle avait trouvé un appart pas cher du tout près du métro Sherbrooke, à côté de l'ITHQ où elle étudiait la pâtisserie. Ça me rapprochait de Concordia ; seulement 10 minutes de métro me sépareraient de l'université. Papa était triste de me voir partir, mais fier de constater que sa petite chenille était devenue un papillon pour de vrai, prête à voler de ses propres ailes.

Emilio et lui ont peiné pour monter mes meubles jusqu'au troisième étage. Je me suis occupée des plus petites boîtes ; c'était tout ce que je pouvais faire du haut de mes cinq pieds trois pouces. Je ne suis pas bien grande, et certainement pas assez forte pour déménager des meubles. Mais j'ai offert la bière.

Quand ils ont eu terminé de tout poser dans ma chambre, j'ai ressenti un petit vertige, mais aussi un grand sentiment de fierté : j'étais chez moi. J'ai salué Emilio, puis serré papa dans mes bras; un long câlin qui voulait dire merci pour bien plus que le déménagement. Merci pour la vie! Pour avoir été un père et une mère si extraordinaires à lui tout seul. Et pour m'avoir permis de le quitter même si j'allais tellement lui manquer.

C'est lui qui a interrompu notre étreinte.

— Il reste des choses à toi en bas.

— Ah oui?

Je me demandais ce que j'avais bien pu laisser, il me semblait avoir tout monté. On est descendus ensemble, puis il a sorti une clé de sa poche, un petit ruban rouge accroché à son anneau.

— Elle est à toi.

— Ben voyons, papa…

Je savais à quel point il avait travaillé fort pour m'offrir tout ce dont j'avais besoin. J'avais tout de même eu recours à un prêt afin de payer le loyer de l'appartement, car mon père ne pouvait pas m'aider pour cela. Ça lui faisait de la peine, d'ailleurs.

— Le travail va bien en ce moment et je vais pouvoir en acheter une autre. Emilio m'a déjà trouvé quelque chose. Tout est calculé, c'est OK.

— C'est pas nécessaire…

— … mais c'est mon cadeau. Ça me fait plaisir. Et je sais que tu vas t'en servir. Pour transporter tes peintures, ton matériel d'art… Elle te servait déjà, je suis certain que tu sauras comment en faire bon usage.

Mon petit papa. Le cœur grand comme l'univers. Avec lui, j'ai vraiment gagné le gros lot.

Après avoir crié d'excitation et l'avoir remercié plusieurs fois, je lui ai proposé de le raccompagner.

— Non, c'est bon! Emilio m'attend. J'ai tout prévu.

Il a pointé son ami qui patientait dans son camion, et qui nous regardait avec tendresse. Mon cœur s'est gonflé de gratitude.

— Mon Dieu, que je vous aime! Je peux vous inviter à souper, au moins?

Ils ont accepté. On est allés manger du poulet chez Romados, avec trop de frites et beaucoup de sauce piquante. On a ri en se remémorant des souvenirs d'une autre époque.

Beaux-arts

Quand je suis entrée à la faculté des beaux-arts, j'étais habitée d'une sérénité déroutante. Je n'avais pas l'habitude d'être aussi zen. Je ne sais pas pourquoi, c'était comme si, en passant les portes du Visual Arts Building, quelque chose avait changé en moi. J'étais apaisée. Comme s'il était tout naturel que je me retrouve ici, même si ce n'était pas le plan de départ. J'étais à ma place.

Lors des premiers cours, j'ai peint beaucoup de papillons. C'était peut-être une sorte d'autoportrait spirituel, un clin d'œil à mon père qui m'avait surnommée Butterfly il y avait longtemps déjà. J'étais obsédée par cette idée de transformation. La vie en deux temps. Je me reconnaissais dans cette transition : la chenille toute simple, douce et vulnérable qui se métamorphose en lépidoptère léger, déployant ses coloris et virevoltant au gré de ses envies. Une libération.

L'université a été un réel tournant pour moi qui avais toujours été un peu effacée. En fait, je traînais ce petit fardeau qu'était ma retenue comme une fatalité avec laquelle j'aurais à composer toute ma vie. Et pourtant. Un mardi de septembre, j'ai entrevu la possibilité de vivre autrement. Je pourrais peut-être m'affranchir de cette vie écrite pour moi. Comme dans le roman *Room* d'Emma Donoghue, lorsque le monde du petit Jack s'ouvre, et qu'il découvre que l'univers ne se limite pas à une seule pièce, que derrière les murs il y a le ciel et le gazon, et toutes ces choses pour lesquelles il n'a pas encore de mots, juste la lumière et les couleurs. Mes yeux, mon corps en entier ont exigé un certain temps pour s'habituer. Comme si je devais faire la mise au point sur ma nouvelle vie. Puis, en moins de deux semaines, j'ai pris mes aises dans cette nouvelle école, accédant enfin à une «moi» plus forte, plus assumée et plus sereine.

— *Interesting*, a soufflé Mandy en arrivant à ma hauteur.

J'avais une classe de dessin avec Mandy Loren le vendredi matin. Elle dirigeait un atelier qui traitait du 2D versus le 3D. Pour le fond, j'avais dessiné un motif répété, avec un relief imitant le macramé, avant de tracer sur cette même mosaïque un papillon aux ailes déployées. On aurait dit qu'il était prêt à s'envoler.

— Je vous ai demandé d'utiliser le pastel gras, qui est souvent boudé, comme choix de médium, vous ne trouvez pas?

Le groupe avait acquiescé.

— Vous devez changer votre façon de voir le monde. La vie se métamorphose. Vous aussi. Une toile doit saisir un instant précis, comme une photo. Et idéalement, proposer un angle que les autres n'ont pas. Sortez votre huile de lin.

Chacun s'est exécuté, certains intrigués, d'autres résolus.

— Je peux?

Nicole, une étudiante albinos dont les pigments avaient déserté les gènes, a souri à Mandy, approuvant timidement.

Notre prof s'est emparée d'un de ses pinceaux, l'a trempé dans l'huile qu'elle avait versée préalablement dans un petit récipient en plastique. Puis, elle a répandu doucement le liquide sur la toile multicolore de Nicole. Le jardin et la montgolfière que l'étudiante avait tracés se sont alors modifiés sous la substance. Les couleurs se sont mélangées, se transformant complètement là où Mandy s'attardait davantage. En glissant son pinceau, elle venait accentuer les rondeurs du ballon, diluant le ciel en un doux mélange de rose et d'orangé, se gardant bien de repasser sur les troncs d'arbres, leur laissant ainsi un relief différent.

Mandy a souri à la classe qui restait muette, attentive.

— N'hésitez pas à réinventer les images. Dérogez aux règles établies, créez les vôtres ! À vous !

Le silence s'est brisé dans un enthousiasme peu commun. Il y a eu quelques rires ici et là, et l'huile de lin a transformé nos dessins en une brume colorée, douce célébration de la vie.

Point de vue

On devait changer de perspective.

J'ai raffiné mon style, un coup de fusain à la fois, puis au trait de 8H, de 12B, de marqueur... Tout était matière à création: la beauté, la laideur, et ce qui existait entre les deux.

Je dévalisais les bacs de recyclage, peignais, sculptais et façonnais les objets pour en faire naître d'autres. Le salon de mon appartement était un vrai foutoir, mais Mathilde ne m'en tenait pas rigueur. Je lui laissais la cuisine, ce qui faisait bien son affaire et la mienne aussi, puisque je goûtais à ses devoirs culinaires tous les soirs. Pendant la journée, je me servais un potage en sachet ou j'attrapais une pâtisserie de la veille. Ça comblait un trou lorsque je n'avais pas le temps de m'arrêter. Un bout de danoise dans une main, un pinceau dans l'autre, je continuais à travailler.

Des fois, on s'arrêtait toutes les deux le temps d'une pause et on s'installait sur le balcon avant. Les pieds juchés sur la balustrade, on regardait les Montréalais s'essouffler en buvant des spritz. C'était notre cocktail préféré, et je le réussissais bien. C'était papa qui m'avait appris. Je le préparais avec de l'écorce d'orange en spirale comme signature. Il n'y avait pas toujours de lait dans le frigo, mais on y trouvait assurément des agrumes, une bouteille de mousseux et d'Apérol au frais. La base, quoi.

Si sa spécialité était les desserts, Mathilde réussissait tout très bien. Quand elle avait le temps, elle nous concoctait de délicieuses quesadillas, ou encore des carpaccios, qu'elle accompagnait d'olives ou de tomates confites au basilic. Elle possédait l'art de transformer en festin les restants les plus ennuyants. Les premières fois que j'ai fait l'épicerie, j'ai compris à son air perplexe qu'elle était beaucoup plus apte que moi à remplir cette tâche. En plus, ça lui plaisait! En échange de 60 dollars par semaine, elle s'occupait donc des courses et de la cuisine. Ce marché nous réjouissait: j'avais toujours de bons plats à déguster, et elle estimait moins ennuyeux, et plus simple, de cuisiner pour deux. « C'est pas compliqué, des recettes pour personnes seules, je n'en ai pas trouvé! »

Voilà qui tombait bien.

Le stand à Stan

Ce printemps-là, j'avais commencé à fréquenter le Vieux-Port après les cours et le week-end, quand je ne travaillais pas au café. Timidement, je m'étais mise à dessiner les portraitistes, assise au coin d'un banc de la place Jacques-Cartier. Patiente, j'observais leur regard concentré, leurs yeux plissés, leurs mains agiles. Certains tenaient leur crayon avec le poing, d'autres le pressaient entre la première phalange du pouce et de l'index, quelques-uns le laissaient à peine tomber entre l'index et le majeur, lui donnant un petit côté aérien, un peu comme on prend des baguettes pour manger des mets asiatiques.

Puis je me laissais inspirer par leur visage, leurs gestes, leur position un peu courbée. Tous étaient assis sur des tabourets trop chétifs pour prétendre à un quelconque confort. Je les trouvais beaux, et j'aimais l'idée de dessiner des dessinateurs.

Par un dimanche gris, un de mes modèles m'a remarquée en revenant de dîner. Arrivé derrière moi, il a regardé mon travail par-dessus mon épaule. Quand j'ai levé les yeux et tourné la tête, j'ai d'abord été inquiète d'avoir été démasquée, puis j'ai surpris son sourire.

— Tu as un bon coup de crayon. Tu devrais t'installer un kiosque.

C'était le plus vieux des artistes de la place. Ses cheveux blancs étaient toujours attachés en une fine toque sur la nuque. Il portait chaque jour la même casquette carreautée d'une autre époque, qui rappelait celle des livreurs de journaux du siècle dernier. Son corps plutôt maigre semblait se perdre dans sa chemise de coton et son pantalon de laine gris, mais ses mains étaient robustes. Le fusain avait laissé ses traces là où sa paume frottait sur le canevas pendant qu'il dessinait. Le bout de ses doigts était recouvert de callosités : l'œuvre du temps et du travail acharné.

— Je ne sais pas trop. Je me sentirais imposteur, je crois.

— Imposteur ? De gagner ta vie avec ton talent ?

J'ai haussé les épaules. Je n'avais aucune objection valable. Malgré ses bons arguments, je ne croyais pas être à ma place. Il m'a tendu la main.

— Moi, c'est Stan. Allez, viens t'asseoir avec moi. Essaie d'en faire un, pour voir.

Le soleil brillait au-dessus des touristes qui étaient nombreux à déambuler, leur appareil photo au cou comme une laisse dont ils ne pouvaient se défaire. J'étais nerveuse, assise sur le tabouret de Stan. Il ne m'a posé aucune autre question, il m'a juste souri en attendant le client suivant, qui serait le mien. Mon premier ! Je me sentais aussi tendue que la fois du ciné-parc. Probablement plus, en fait.

— *Hi, how much is it ?*

— *Fifty.*

Stan avait répondu à la touriste asiatique avant même que mes yeux trahissent mon angoisse. Cinquante dollars ? Mon Dieu, je n'aurais jamais osé demander autant pour un dessin. En fait, je n'avais jamais osé grand-chose, alors c'était aussi bien que quelqu'un le fasse pour moi.

La touriste a parlé à son conjoint dans sa langue. Je crois que c'était du mandarin, mais au fond, qu'est-ce que j'en savais? Ça sonnait bien dans ma tête, mais pas autant que le « *Yes! OK!* » qu'elle a lâché en prenant place sur la chaise disposée en face de moi. J'étais stressée, mais surtout excitée. J'ai quand même levé les yeux vers Stan pour confirmer ce que je savais déjà: elle était vraiment pour moi. Il a hoché la tête d'un coup assuré, les deux mains dans les poches, avant d'en sortir une cigarette et de s'éloigner un peu, respectueux.

J'ai réalisé mon premier portrait pendant que Stan discutait avec les voisins, lançant des coups d'œil dans ma direction de temps à autre pour m'encourager. Chong, c'était le prénom de la gentille touriste qui m'a offert ce jour-là, sans le savoir, ma première chance. Elle est repartie avec mon dessin dans une enveloppe glissée sous son bras, après avoir pris une photo de moi, une photo du portrait, une photo de moi avec le portrait, et prié son compagnon de nous photographier toutes les deux, avec Stan. Elle semblait contente, et si ce n'était pas le cas, ça n'avait pas paru. Stan lui avait rendu la monnaie quand elle m'avait tendu un billet de 100 dollars, car je n'avais rien sur moi. Après son départ, il a insisté pour que je prenne les sous; j'ai insisté à mon tour pour qu'il les garde, il s'est presque fâché, je les ai donc empochés sans rien ajouter. On est alors restés là, en silence, assis tous les deux, lui sur le banc, moi sur la chaise, à regarder les gens passer.

— Thelma, c'est ton vrai nom?

— Non. Et Stan?

— Non.

On s'est souris.

Je n'ai jamais su comment il s'appelait pour de vrai, mais c'est toujours à côté de lui que je suis revenue m'installer par la suite.

Libérer le trésor

Je retournais place Jacques-Cartier aussi souvent que je le pouvais. J'ai même laissé tomber les derniers *shifts* que je gardais au café. Exécuter des portraits me rapportait davantage, les bons jours en tout cas. Il suffisait de trois contrats pour faire ma journée. C'était aussi un très bon exercice de dessin rapide, et ça me faisait des sous pour payer mon matériel d'art qui me coûtait cher, malgré les rabais offerts aux membres de la Coop.

J'ai aussi continué à dessiner Stan. Il ne voulait pas poser pour moi, mais c'était un homme de peu de mots qui pouvait passer de longues minutes à contempler le monde sans bouger. Peut-être me laissait-il des chances, en tout cas il ne bronchait pas quand il me découvrait, crayon à la main, en train de croquer ses traits.

Stan et sa passion ont été les sujets de mon projet de fin d'année. J'ai présenté en triptyque trois fragments de la création d'un portrait : les mains qui tiennent le crayon, les yeux du dessinateur qui dépassent à peine du canevas, du point de vue du modèle, puis la scène vue de loin ; Stan et une jeune cliente qui avait été ce jour-là, sans le savoir, le modèle de deux artistes. Le métier de portraitiste me fascinait. La rencontre de l'artiste et de son sujet durait une quinzaine de minutes, une vingtaine tout au plus, mais l'œuvre, elle, issue de ces chemins croisés, subsisterait peut-être des décennies, valorisée dans un cadre ou soigneusement rangée dans une boîte à souvenirs.

J'aurais peut-être une bonne note, mais je savais déjà que j'avais gagné davantage encore en expérience, à force de côtoyer Stan.

Un jour où deux clients de suite m'avaient donné du fil à retordre, Stan m'a offert le meilleur conseil qui soit :

— Apprends à percer la carapace, à voir ce qui ne se voit pas. Ce qui se cache derrière les boucliers, même si c'est laid, c'est beaucoup plus vrai que les traits.

— Et comment je fais ça ?

— Pas avec les yeux.

Je devais sonder l'âme au lieu de scruter les visages.

Au-delà du talent, il fallait être vif, sensible et patient. Ce n'était pas conventionnel, comme boulot. Cerner l'intériorité des inconnus… Comment j'étais censée faire ça, moi, en 15 minutes ?

Un portrait à la fois, rencontre après rencontre, j'ai appris à débusquer la vérité. Traverser le maquillage, les artifices, les faux-semblants. Voir le cœur qui bat, le sang qui circule, les joies et les peurs qui font vibrer l'esprit. Dessiner l'expression des sourcils plutôt qu'un front ridé, l'amour sur les lèvres au lieu d'un simple sourire. Après l'étude du visage, des mots surgissaient dans ma tête, des émotions aussi. Puis venait le dessin, ses couleurs, ses formes, alors que devant mes yeux, il n'y avait que des lignes.

J'aimais cet art de plus en plus.

— Stan ! J'ai eu 95 % !

Ce matin-là, j'étais arrivée avec deux grands verres de limonade que j'avais préparée moi-même avec le presse-agrumes de Mathilde, pour célébrer ma bonne note et notre amitié.

— Ça y est, elle est partie ! Je te l'avais dit. Après, ce sont les galeristes qui vont s'arracher les œuvres de Thelma !

Je n'osais pas en rêver. Pour l'instant, je savourais le citron sucré et tout le réconfort que m'apportait notre complicité.

She's back

Ce soir-là, j'étais toute seule à l'appartement. L'hiver glaçait la ville, ce qui ne me donnait absolument pas envie de mettre le nez dehors. Je me suis plutôt emmitouflée dans la douceur d'un pyjama en polar pour regarder la télévision. Puis la sonnette de la porte d'entrée a retenti. Qui était dehors par un temps pareil? Je n'attendais personne. Sûrement quelqu'un qui se trompait de numéro d'appartement. Le timbre a résonné encore, presque aussitôt. Plusieurs sonneries de suite se sont fait entendre. Je me suis approchée de l'interrupteur de l'interphone. Même si l'immeuble devait remonter à Mathusalem, il y avait bien un système vocal pour s'adresser aux visiteurs.

— Thelma, s'il vous plaît.

— Désolée, il n'y a pas de... Hey, Loulou?

— Alors, ma vieille, tu m'ouvres ou quoi? On se les gèle, ici!

Chanterelle, mon petit champignon nucléaire, était en ville! Je n'avais pas eu de ses nouvelles depuis un moment. Est-ce que tout allait bien?

Au-dessus d'un verre de vin rouge, elle m'a tout raconté. Sa rupture avec Michael, les adieux maladroits, l'autobus qui l'avait ramenée jusqu'ici avec toutes ses affaires, toutes celles qui entraient dans ses valises, du moins. Elle avait laissé ses toiles derrière elle. Ce chaos ne semblait pas vraiment l'affecter. Comme la séparation était son choix, elle avait même l'air plutôt libérée. Il voulait des enfants, mais elle non. Il aurait dû savoir que c'était une raison suffisante pour faire fuir la bête farouche qu'était Chanterelle.

— Alors, tu vas faire quoi ? Retourner chez tes parents ?

— Es-tu malade ? Jamais de la vie !

— Tu peux rester ici aussi longtemps que tu veux, tu sais. Le divan est juste pas trop confortable…

— Nah, pas besoin. Je me suis trouvé un atelier, je vais dormir là.

— Tu t'es trouvé un atelier avant un appart ?

— Ben oui, pourquoi pas ? J'ai plus besoin de peindre que de prendre des bains.

— T'es folle. Tu m'as manqué.

— Je sais. C'est pour ça que je suis revenue.

— T'es sûre que c'est pas plutôt parce qu'il voulait des bébés ?

— Ark, j'y pensais plus ! Arrête de me le rappeler !

— Des petits bébés anglophones ! Ils t'auraient appelée : *Mommy, mommy !*

— Mais ARRÊTE !

On a ri, bu, renversé du vin sur la table, tracé des dessins avec, réinventé le monde un peu, et réécrit un quotidien où on était enfin ensemble.

— Veux-tu qu'on le partage ?

— Quoi ?

— L'atelier. Il est assez grand pour deux…

— Je peins pas mal ici…

— T'as une lumière de merde. L'atelier est tout éclairé, les fenêtres sont immenses !

C'était tentant. Avoir un vrai atelier, ce serait fou ! Et sûrement inaccessible pour mon budget…

— J'ai déjà du mal à payer mon loyer. C'est cher ?

— Non, pas pour toi, je vais te faire un prix. En échange, je veux juste pouvoir venir prendre une douche chez toi d'ici à ce que je me trouve un appart.

— T'es sérieuse ?

— J'ai pas l'air ?

Ma Loulou ne parlait jamais à travers son chapeau. On a ri plus fort et scellé notre entente avec le reste de la bouteille de vin.

C'était bon de la retrouver.

Laurent

Je m'étais rendue au party de fête de Joëlle, une amie d'Eliott que j'ai continué à voir après son départ. Chaque fois, elle me donnait de ses nouvelles ; il était rendu au doctorat, et vivait toujours aux États-Unis. Ça me faisait plaisir d'entendre parler de lui. Nous avions perdu contact et c'était probablement mieux ainsi.

C'est là que j'ai revu Laurent.

Je l'avais déjà croisé l'année précédente, au même endroit et à la même occasion. Il avait quelque chose de captivant. Nez droit, yeux de chats, cheveux brun van Dyck qui partent en vrille... Je le trouvais tellement beau que je le suivais à l'extérieur chaque fois qu'il allait fumer. Je ne fumais pas moi-même, mais j'avais imaginé tout un éventail de prétextes pour sortir : il faisait chaud à l'intérieur, la musique était trop forte pour le coup de fil que j'avais à passer, j'avais une amie à voir... Je m'étais aussi informée : il s'appelait Laurent Foucault et il était metteur en scène. On m'avait énuméré quelques-unes de ses réalisations ; j'avais été impressionnée en entendant les titres, sans en connaître les détails. Ce n'était pas mon domaine, le théâtre, mais cela me semblait poétique. Entre deux plateaux de fromages, Joëlle, qui m'avait démasquée, s'était empressée de me mettre en garde : Laurent était plutôt volage et il avait une longue feuille de route. Ça ne m'avait pas refroidie, et j'avais

continué mon manège. Quand nos yeux s'étaient finalement croisés, il m'avait servi quelques banalités, sans plus.
Puis, à la première occasion, il s'était éclipsé pour aller
chercher un autre verre et il n'était plus revenu. Ça m'avait
insultée et déçue. Le petit Pascal avait usé de la même ruse
avec moi, s'inventant des excuses pour me suivre dehors…
mais comme il n'avait ni d'ami qui fumait ni cellulaire, il
avait juste eu l'air de me coller aux fesses. Soudain, j'avais
peur d'avoir été aussi transparente avec mon prospect que
Pascal l'avait été avec moi. Laurent avait peut-être volon-
tairement ignoré les perches que je lui avais tendues dans
l'espoir d'entamer une conversation digne de ce nom, qui
aurait pu mener, sait-on jamais, à un dernier verre en tête-
à-tête. J'étais rentrée bredouille, sans Laurent et sans Pascal.
Je n'étais pas assez *hot* pour le premier, mais trop pour le
second, que je m'étais dit dans ma tête de fille qui s'aimait
juste assez pour ne pas frencher n'importe qui…

L'année suivante : même fête, mêmes gens, ou presque.
Le petit Pascal n'était pas là. Il pleuvait des cordes, si bien
que même les fumeurs ne s'aventuraient pas dehors, sauf
quelques courageux qui s'entassaient contre la porte. C'était
moins facile de flâner dehors *par hasard*, mais ça tombait
bien parce qu'il faisait bon être à l'intérieur. Mes meilleurs
amis étaient présents : Chanterelle, Mathilde, Marco et sa
nouvelle blonde Émilie. Laurent allait et venait, fumant
moins que dans mon souvenir, et me regardant beaucoup
plus. Dommage, car je ne l'espérais plus. Il ne faisait plus
partie de la liste de mes envies.

Les filles, des fois, on a un cerveau magique. Après la
déception de l'année passée, je n'avais plus pensé à lui : ma
tête éliminait le souvenir des hommes qui ne semblaient
pas partager mon intérêt. Glissaient ainsi dans la catégorie
des *connaissances* tous ces individus pour lesquels j'avais

ressenti une attirance à un moment ou à un autre. Malgré tout, il est passé par-dessus la froideur de nos salutations pour engager la conversation.

— C'est joli, tes cheveux plus courts.

C'était anodin, mais ça m'a quand même flattée qu'il se soit rappelé que mes cheveux étaient plus longs l'année précédente. Il se souvenait donc de moi, et je lui plaisais. Un compliment qui, à mon grand étonnement, m'a fait danser dans ma tête, mais je n'ai laissé filer qu'un simple «merci» et un zeste de sourire, avant de dévier le regard sur le buffet, où mon corps s'en est allé peu de temps après.

Il est revenu à la charge un peu plus tard, alors que j'allais et venais entre le plat de trempette et le plateau de feuilletés aux épinards.

— Elle est magnifique, la toile que tu as offerte à Joëlle. Elle vient de me la montrer.

— Merci.

— Ton talent me subjugue. Tu exposes?

Qui, dans ce monde, utilise le verbe *subjuguer* dans une conversation? Et comment diable était-ce possible de ne pas avoir l'air ringard en le disant? Laurent incarnait la réponse, c'en était déstabilisant.

— Heu… Oui, parfois, dans des cafés… Je suis plutôt en exploration en ce moment, je n'ai pas encore trouvé mon style.

— Tu l'as trouvé plus que tu penses.

J'ai rougi. Je l'ai vu dans le miroir qui me faisait face. Son assurance était déroutante, ses certitudes à mon égard aussi, sans parler de son vocabulaire élitiste, mais tellement assumé. Sa beauté était tout aussi saisissante. Il a soutenu mon regard si longtemps sans parler que j'ai dû fuir, mais il m'a suivie. Mon attitude en était une de survie; j'étais tellement gênée que j'ai pris la première crudité que j'ai croisée sur mon chemin qui s'est avérée être un champignon, le seul légume au monde que je déteste. Je l'ai plongé dans la trempette et engouffré dans ma bouche, le mâchant violemment pour l'avaler au plus vite et oublier son goût désagréable. Laurent a froncé les sourcils ; les miens devaient trahir mon malaise dû au champignon qui roulait encore sur ma langue, mais il n'est pas parti.

Après trois verres de mousseux, je me suis dit que je pouvais quand même faire un petit effort pour soutenir la conversation. Encore quelques gorgées et ma gêne a été reléguée aux oubliettes. On a parlé toute la soirée.

À un moment, Mathilde m'a saluée de loin, en me faisant un petit clin d'œil. Constatant que tout le monde était parti et que Joëlle s'activait maintenant à laver des verres, on a compris qu'il était l'heure de s'éclipser.

— Je te raccompagne ?

— Pourquoi pas ? T'es correct pour conduire ?

— Oui, m'a-t-il rassurée.

J'ai fait la bise à Joëlle.

— Je te remercie pour tout !

— Merci à toi, la belle, pour ton trop beau cadeau. Un jour, si je suis cassée, je pourrai la vendre et devenir riche ! Elle va être *big* notre Raphaëlle, tu le sais, ça, Foucault ?

— Je n'en doute pas une seconde, a-t-il répondu en me dévisageant, admiratif.

Je n'ai jamais été à l'aise avec les gens qui le sont trop. C'est intimidant.

— Il va quand même falloir que tu attendes une couple d'années, si tu veux faire de l'argent... Merci encore pour la soirée, c'était sympa.

— Bonne nuit !

J'ai suivi Laurent dehors en attachant mon trench. L'automne commençait tout juste à laisser sa marque, répandant ses couleurs et son parfum épicé. C'est ma saison préférée.

— Madame.

Il m'avait dit ça sur un ton solennel, en me tendant un casque.

— Attends... T'es en moto?

— J'ai dit que je te raccompagnais, mais je n'ai jamais précisé comment. Tu as peur?

— Non.

J'avais peur, oui. De sa désinvolture. Des surprises qu'il me réservait, aussi.

Après avoir enfourché sa monture qui était noire comme son pantalon, ses souliers et sa veste de cuir, il m'a invitée à monter. Je me sentais ridicule avec ce casque énorme et mon petit manteau vert que j'avais déniché quelques semaines plus tôt dans une friperie. Heureusement, je n'étais pas en robe. Je me suis hissée derrière lui comme j'ai pu, comme Thelma l'aurait fait, en oubliant que je n'avais jamais été cool et qu'à 26 ans, il était tard pour apprendre.

— Accroche-toi.

Il a descendu sa visière et décollé en trombe, avant même que j'aie eu le temps de lui indiquer où je vivais.

Aube

Il s'est arrêté à des kilomètres de chez moi, après un détour agréable, mais absolument déraisonnable compte tenu de l'heure qu'il était : cinq heures, pour être exacte. Au moins, il n'avait pas de don pour deviner les adresses des gens, ce qui me rassurait. Un gars aussi branché avec un don en plus, ça aurait vraiment été injuste pour une fille ordinaire comme moi.

Sa moto s'est immobilisée dans l'herbe, devant le canal de Lachine illuminé. Le panorama était beau, et même si je n'étais probablement pas la première qu'il emmenait ici, j'appréciais l'attention. Je m'aventurais peu de ce côté-ci de l'île. C'était loin de mon appart, à l'opposé de celui de papa aussi. Ça me dépaysait.

— Tu sais qu'il est tard, pour les escapades ?

— Je ne pense pas. Tu travailles demain ?

— Pas officiellement, mais je voulais aller à mon atelier...

— Parfait. Tu iras plus tard.

Il était directif, mais il avait une façon de tout faire passer. Son charisme et ses yeux pers, presque jaunes, magnétiques, y étaient probablement pour quelque chose.

Il a sorti une couverture de sous le siège de sa moto, puis il a pris ma main et m'a attirée sur l'herbe, près de l'eau. Il s'est assis derrière moi et m'a enlacée. Son corps était chaud et enveloppant. Ses bras se sont croisés sur ma poitrine et ses mains se sont refermées sur mes épaules. Des mains immaculées, pâles et lisses. Presque transparentes par endroits, avec de longs doigts graciles. Son parfum était subtil ; mon odorat tentait de mettre des mots sur les effluves, mais je n'y arrivais pas. J'étais meilleure avec le cercle chromatique. Il aurait été bleu en tout cas, bleu de cobalt, foncé, très pigmenté.

Je me suis endormie dans ses bras, ou j'ai somnolé, jusqu'au moment où il a chuchoté à mon oreille :

— Raphaëlle, regarde ce que le matin a peint pour toi.

En ouvrant les yeux, j'ai aperçu le ciel qui se déclinait en un camaïeu d'orange, passant du rouge au rose, interrompu de quelques nuages violacés qui rompaient le dégradé parfait. La ville était encore silencieuse, deux joggeurs seulement brisaient l'immobilité du décor. Il faisait frais, mais pas froid, les bras de Laurent me gardaient le corps et le cœur au chaud. J'ai observé le spectacle en silence, puis on s'est embrassés. Doucement. Passionnément. Pendant que le bleu du ciel reprenait la place qui lui revenait.

Ce jour-là, je ne suis pas allée à l'atelier. Ni la semaine qui a suivi.

Île

Sa démesure. La violence de mon amour pour lui. Le désir qui m'envahissait au contact de sa peau. Fulgurant. Sauvage.

Laurent avait le don de faire de la magie avec l'ordinaire. Il transformait le quotidien en extase, dès que le matin se faufilait à travers les rideaux pour annoncer une nouvelle journée. Il me réveillait tranquillement, en silence, glissant son majeur le long de mon nez, accrochant mes lèvres, dévalant mon cou, remontant sur mes seins, passant sur mon nombril avant de s'attarder le long de mes hanches de tous ses doigts. Il ne s'interrompait qu'à la vue de mes frissons.

Je m'étirais et me tortillais pour attirer sa peau sur la mienne, mais il se laissait désirer. Je fermais les yeux et contrôlais ma respiration pour ne pas qu'elle s'emporte. Sa bouche prenait le relais de ses mains et dispersait des baisers, doucement, sur chaque partie de mon corps : épaules, nuque, front, avant-bras, doigts, côtes, cuisses. Il raffolait des envolées dramatiques, savourait la tension croissante qu'il faisait monter jusqu'au climax. Il en allait ainsi dans ses pièces de théâtre comme dans son lit.

Quand le supplice avait assez duré, il plongeait son visage entre mes jambes et je pouvais enfin participer aussi. On se consommait en même temps sans se lâcher, soudant nos corps aussi fort qu'on le pouvait. On engloutissait notre amour sous les caresses jusqu'à ce que le rai de lumière ait complètement déserté le lit.

Pour redonner de l'énergie à nos corps, on allait se ren-flouer avec deux omelettes au fromage au Passé composé, un petit resto de son quartier. On marchait en se tenant la main, complices de nos folies, des sourires indélébiles sur le visage qui semblaient toujours dire : « Je t'aime. »

La peur

Étendus dans l'herbe, on regardait les formes se dessiner dans les nuages – là où on avait souvent la tête quand on était ensemble. On se chamaillait pour un igloo, un hippocampe ou une antilope, pendant qu'on inventait notre amour, ainsi couchés à regarder le ciel et la vie passer. Du bonheur doux comme de la ouate.

Laurent me plongeait dans un état d'euphorie. Tout me plaisait chez lui.

Même le timbre de sa voix faisait vibrer les mots différemment. On aurait dit qu'il maniait sa propre langue, unique, magnifique. Ses paroles résonnaient longtemps en moi, après qu'il soit parti le matin.

Aussi longtemps que je restais à l'appartement, j'errais dans le sillage de son parfum, dans les échos de sa voix qui semblaient toujours retentir en sourdine. J'étirais ainsi son souvenir, redoutant l'irruption de nouveaux sons. C'était qu'elle m'apaisait, cette voix, comme une chanson qu'on aime et qu'on diffuse en boucle. Je lui avais fait cet aveu, un soir où on buvait du vin trop cher, sur son divan hors de prix lui aussi – en tout cas pour une peintre pas encore populaire qui peinait à rembourser ses dettes.

— Ne dis à personne que ta voix est ma musique préférée, OK ? Je ne voudrais pas qu'elle soit susurrée dans d'autres oreilles.

Ça l'amusait. Égoïstement, j'aurais gardé Laurent pour moi, tous les jours, toutes les heures, pour qu'il me murmure tout et n'importe quoi.

Mais il m'échappait souvent.

Il a été un des premiers à qui j'ai dit «fais attention à toi», en comprenant bien le sens de ces mots. Quand il partait avec son casque sous le bras, je ne pouvais m'empêcher de les prononcer. Je ressentais chaque fois la peur profonde de le perdre.

Ça m'arrivait aussi, enfant, avec ma mère invisible. Mais je me suis vite résignée. Elle n'était jamais vraiment là, même quand elle habitait avec nous. Elle passait ses soirées au même karaoké, où elle enfilait des grosses bières en se prenant pour Dolly Parton. Au moins, elle chantait bien. Je me souviens de sa voix et de la joie qui se lisait sur son visage quand elle fermait les yeux et fredonnait pour elle-même, ou pour les admirateurs qu'elle imaginait dans sa tête. Elle oubliait que sa plus grande fan était tout près d'elle, et qu'elle aurait donné n'importe quoi pour la suivre n'importe où…

Laurent n'était pas prêt, lui non plus, quand il a perdu son père à 15 ans dans un bête accident de la route. Le résultat était le même : on avait un trou dans notre généalogie. La disparition fait aussi mal, qu'elle soit le fruit d'un événement tragique ou d'une décision obscure. Dans les deux cas, les liens se brisent instantanément, mais le deuil prend parfois toute la vie à se faire.

Ma peur que Laurent m'échappe était vive ; je craignais toujours qu'il ne lui arrive quelque chose. C'est sûrement ce qui a fait en sorte qu'un an après le début de notre histoire, j'ai emménagé chez lui. C'était plus logique ainsi, puisqu'on était constamment dans nos bagages, chez lui ou chez moi, et que la colocation ne fait guère bon ménage avec la vie sexuelle (même si Mathilde avait été accommodante, augmentant le volume de la radio, et multipliant les soupes et potages au mélangeur pour nous donner une chance). C'était irrationnel aussi : on avait envie d'être ensemble.

J'ai donc mis ma vie en boîtes pour la poser chez lui, dans son condo de la rue de la Visitation. Un appartement beaucoup trop chic pour moi, compte tenu de ce que j'avais connu jusque-là et de mon budget aussi. Mais il me l'offrait.

Je me foutais de son argent, mais je devais admettre qu'il me donnait accès à un très beau cadre de vie. Toutefois, ça posait parfois problème, en raison de mes occupations. Il arrivait qu'il se fâche quand je revenais de ma journée à l'atelier, souillée de peinture, de la colle dans les cheveux ou de la craie sous les ongles. Si j'avais l'affront d'aller me servir un verre de jus avant de passer sous la douche, il s'emportait comme une ménagère dont les enfants seraient entrés à la hâte sans avoir enlevé leurs souliers. Dans ces cas-là, je me moquais de lui et l'embrassais sans réserve, beurrant sa joue avec ce que je pouvais, s'il restait effectivement sur mes vêtements quelque chose susceptible de le salir.

Ma langue semblait lui faire oublier ses principes et on finissait par frencher sur le comptoir ou faire l'amour sur l'îlot. Je trouvais ça très excitant, mais j'ai quand même vu clair dans son jeu : passer un linge humide sur le revêtement en quartz prenait beaucoup moins de temps que de nettoyer toute la literie.

Café aux noisettes

J'allais souvent rejoindre Laurent au théâtre quand il passait ses journées en répétition. Il y avait quelque chose d'enivrant à être comme un petit oiseau, à pouvoir se caler dans un siège du balcon et le regarder travailler. C'était sexy, sa façon d'observer avec bienveillance ses acteurs, même sa façon, tranchante, de donner ses consignes, d'insister pour qu'ils voient plus grand, qu'ils repoussent leurs limites, qu'ils jouent plus vrai et plus fort. Je crois que je prenais des notes pour moi aussi; je m'obligeais à penser autrement. Il me donnait de jolies leçons de vie sans même le savoir.

C'était inspirant d'assister à sa création, ça alimentait la mienne. Notre art était une roue qu'on faisait tourner ensemble. Quand son emploi du temps le permettait, il venait aussi me regarder peindre. On se rechargeait mutuellement d'idées, de mots, d'amour. J'avais le cœur gonflé à l'hélium.

Après mes journées à l'atelier, je me rendais au TNM. Je n'avais qu'à échanger un coup d'œil avec le directeur technique pour savoir si la répétition se déroulait bien ou s'il y avait du retard. Il s'agissait de Bernard Albert, un gentil monsieur dans la cinquantaine qui avait une forte inclination pour le sucré, mais aussi une épouse qui surveillait scrupuleusement le contenu de sa boîte à lunch.

On s'entendait bien tous les deux. Les gars de la technique aiment ça, les gens qui ne font pas de bruit.

Quand la perspective d'un retard se lisait dans ses yeux, je filais au restaurant d'en face nous chercher des cafés aux noisettes. Je lui en rapportais un très grand, accompagné d'un biscuit double chocolat. Sa reconnaissance était proportionnelle au format du café, et on les buvait en silence en épiant les artistes à l'œuvre.

Le bonheur se cache dans les petites choses.

Trois ans

On a fêté nos trois ans au champagne sur le bord du canal de Lachine, là où tout avait commencé. C'était assez rare qu'on ait une journée de congé entière, et surtout au même moment. Entre les cours que Laurent donnait au Conservatoire et ses mises en scène, il restait peu de temps. Il était très demandé, bénéficiant depuis quelques années d'une attention particulière des médias qui le présentaient comme un des metteurs en scène les plus prometteurs de la relève. Moi, je n'attirais pas encore l'intérêt, mais je travaillais fort. Je peignais à l'atelier durant des heures tous les jours. Depuis ma graduation, j'étais employée dans une petite galerie du Vieux-Port où je finissais par donner plus d'indications géographiques que d'avis sur l'art, mais je ne m'en formalisais pas. Ça me faisait sortir et je gagnais quelques sous, ce qui était une bonne chose ; même mes ventes de toiles se portaient bien. Deux galeries de Montréal présentaient mes œuvres, ainsi qu'une autre à Québec.

C'était une belle période pour nous deux, professionnellement, en tout cas.

Laurent me répétait qu'il fallait prendre le boulot quand il passait, surtout dans le domaine des arts. Je commençais à penser qu'il passait souvent pour lui, mais je n'en disais rien, car je ne voulais pas lui donner l'impression de le tirer vers le bas.

Certains soirs, lorsqu'il était en répétition ou en représentation, son corps me manquait. Ses mots pour accompagner mon spaghetti, ses baisers pour me souhaiter bonne nuit. Mais le matin, il était toujours là à me sourire, me chatouiller ou me rejoindre dans la douche pour me faire l'amour.

On avait des vies de grandes personnes, chargées, essoufflantes ; des vies heureuses.

Je ne le savais pas encore

Le talent est une arme de séduction. Je l'ignorais jusqu'à ce que je le rencontre. Avant Laurent, je n'étais qu'une fille comme les autres, qui faisait ce qu'elle avait à faire, ce qu'elle aimait, aussi, sans prétention ni grandes ambitions. Je sais aujourd'hui ce qui l'a séduit. Il a capté dans mon travail des émotions qui dépassaient la forme et que moi-même, je ne devinais pas encore. Ça l'a fasciné.

Mes œuvres semblaient le toucher profondément, d'une façon que je ne pouvais pas m'expliquer. C'était presque magique. C'est sûrement ça, le pouvoir de l'art. Comme celui de l'amour. Être troublé par l'inexplicable. La peinture, le dessin l'allumaient. Comme l'intelligence. Et le talent. Pas juste le mien, mais ça, je ne le savais pas encore.

Quant à moi, je l'admirais. Pour ses réalisations, mais surtout pour sa fougue, sa détermination. Son intensité le poussait parfois à piquer des colères, mais celles-ci ne duraient jamais longtemps. Sa passion s'exprimait aussi comme ça.

Le Théâtre du Nouveau Monde avait pris le pari risqué de présenter un monologue d'une heure et demie. L'œuvre avait fait un tabac à Londres l'année précédente. «Un jeune auteur britannique à surveiller», avait rapporté le *Times*. C'était un défi sur tous les plans. Laurent l'avait abordé comme une mission, prêt à prouver à tous que ça se faisait. En tout cas, lui, il le ferait.

Il a surpris tout le monde en allant chercher une finissante de l'École nationale de théâtre, alors inconnue de tous, repérée aux auditions du Quat'Sous. Un coup de cœur. À cette annonce, une célèbre journaliste avait écrit qu'il allait « se péter la gueule », mais après la première représentation, elle n'aurait d'autre choix que de se rétracter. L'œuvre était magistrale, et ce que Laurent en avait fait était à couper le souffle. Comme j'étais fière de lui !

Après la dernière réplique, Bernard, près de qui j'étais assise, m'a fait signe de le suivre dans les coulisses. C'était soir de première et tout le monde était exalté.

— Viens, tu seras là quand ils vont sortir ! m'a-t-il lancé gentiment.

La jeune comédienne saluait sur scène sous un tonnerre d'applaudissements. Nous sommes entrés dans les coulisses côté jardin, celles qui menaient aussi aux loges. Je me suis retirée dans l'ombre pour ne pas être dans les jambes des uns et des autres, admirant mon amoureux qui avait rejoint l'actrice et le technicien de scène pour le salut final. Il brillait. Ses boucles brunes captaient la lumière, ses yeux aussi qui, sous les filtres colorés, avaient pris une teinte vert-de-gris.

Mon amour et sa comédienne sont ressortis côté jardin. Les applaudissements se poursuivaient, mais ils attendaient avant de retourner sous les projecteurs, laissant le public les désirer encore un peu.

Je n'aurais pas osé les déranger avant la fin des saluts. De toute façon, ces deux-là ne m'auraient probablement pas entendue tellement ils étaient absorbés l'un par l'autre. C'est à ce moment que Laurent a pris le visage de la jeune interprète entre ses mains, collant son front sur le sien. Intense. Ils n'échangèrent pas de baiser comme on aurait pu s'y attendre en les regardant, mais des compliments :

— T'es un génie.

— T'es un prodige.

Courts. Puissants.

Puis j'ai surpris dans les yeux de Laurent toute sa fierté. Son désir aussi. Ça allait de pair, dans son cas. Je connaissais ce regard admiratif, seulement là, il n'était pas pour moi. Jamais il n'aurait pu baiser une fille qu'il jugeait quelconque. Je savais qu'il se valorisait ainsi, puisant son énergie dans le corps de sa muse, gonflant son ego comme son sexe, visant toujours plus grand, plus haut. Et se donnant l'impression de vivre plus fort. Bien sûr, pour son élue, c'était enivrant : la fille se croyait unique, spéciale, choisie... du moins, momentanément.

Le talent nous impressionne toutes. Être honorée par un créateur dont on admire le travail est une bénédiction. La muse aussi est avide de succès, de réussite.

Et Laurent était un tremplin idéal pour se faire voir.

Bon, jusque-là, mis à part un désir palpable et une solide complicité, je n'avais rien à leur reprocher. Je savais bien que les limites de la fidélité et du respect n'étaient pas les mêmes pour tout le monde. Mais quand ils sont retournés sur scène tous les deux, main dans la main, j'ai eu un frisson le long de l'échine. Les poils de mes bras se sont hérissés, comme le pelage d'un chat en proie à une peur intense.

Je ne le savais pas encore.

Je me suis retirée sans bruit, m'enfonçant dans les coulisses, me glissant dans le salon des comédiens pour les attendre. C'était une vaste pièce avec des divans et des fauteuils, où s'ouvraient les portes des loges. Les soirs de première, c'était là que les familles et les amis se réunissaient. Il n'y avait encore personne, mais la pièce n'a pas tardé à se remplir. Laurent est apparu avec sa protégée, ils étaient survoltés. Elle a lâché un cri de joie en sautant sur place :

— Ahhhhh, je capote! Trois saluts pis un *standing*! C'est malade!

Il l'a serrée dans ses bras, fier. Puis il s'est aperçu que j'étais dans la pièce. Ça n'a pas semblé le démonter.

— Raph!

Il est venu vers moi, lumineux. Il a posé ses lèvres sur les miennes, caressant ma tête avant de mettre sa main derrière mon cou et de m'attirer au centre de la pièce.

— Je te présente Sophie, la star de la soirée!

Oui, toute une star. Grande et mince, un cou infiniment long, les cheveux blonds, coupés à la mâchoire. Un maquillage des années 1930 sans lequel elle devait être jolie aussi, quoique ses traits recelaient quelque chose d'assez étrange. D'ingénu. D'androgyne, peut-être. Je comprenais qu'elle puisse autant le captiver.

Elle s'est avancée vers moi, la main tendue. Sa peau était douce, ses doigts m'ont paru longs et fragiles. Ils ne se salissaient pas souvent dans la craie, l'huile ou le dissolvant, ces doigts-là. Ses ongles droits et immaculés dénotaient aussi une activité manuelle limitée. La poignée de main fut brève, un peu molle à mon goût, mais elle était peut-être fatiguée, ou alors elle n'avait pas envie de s'attarder.

Après des salutations courtoises et rapides, elle s'est retirée dans sa loge pour se changer et se démaquiller. Je ne sais pas si Laurent cherchait à m'éviter, mais il n'a pas tardé à s'éclipser, car il avait «des gens à aller saluer dans la salle».

J'ai attendu, observant la pièce: rideaux noirs défraîchis, divans de cuir vert sapin aux accoudoirs écorchés, table en mélamine dont les pieds n'étaient pas tout à fait de même niveau... Une femme rondelette aux cheveux teints roux est entrée dans la salle avec son sac à main sous le bras, le sourire étiré jusqu'aux oreilles. La mère de Sophie, j'aurais pu le parier. Elles avaient les mêmes yeux. Elle débordait de fierté.

— C'tait-tu assez bon, hein?

— Oui… vraiment.

La star est revenue à ce moment-là, vêtue de ses vêtements de tous les jours. Elle a entamé une conversation avec la dame rousse.

Je ne le savais toujours pas. Mais presque.

J'ai assisté aux embrassades, aux félicitations. Puis, la mère de Sophie a demandé à sa fille où était «son beau metteur en scène de chum». Le regard bleu de la comédienne s'est troublé. La pupille sur le qui-vive. Pour avoir observé tant de visages et peint l'invisible, je pouvais dire que son regard était tétanisé. Je n'avais pas la maîtrise du mien, mais j'ose croire qu'il était plus flegmatique. Je suis restée ainsi, stoïque, immobile, jusqu'à ce que Laurent revienne, avec son sourire de vendeur de voitures, sa tête de frimeur. Je n'allais pas réussir à me contenir.

Il aimait les drames? Tant mieux. J'allais lui en en offrir un. Le pire, c'était qu'il l'avait mis en scène lui-même sans le savoir. Il avait un talent fou pour monter les plus belles histoires avec les fins les plus déchirantes.

— T'es un beau trou de cul, Laurent Foucault, ai-je craché.

— Qu'est-ce qui te prend, Raph?… C'est pas ce que tu penses, s'est-il défendu après un temps, en regardant Sophie pour tenter de comprendre ce que je savais.

Malheureusement, il n'était pas aussi convaincant que les comédiens qu'il engageait. Il faut dire qu'il n'avait vraisemblablement pas préparé de texte pour cette occasion. Dommage.

— La mère de ta petite vedette cherchait "son beau metteur en scène de chum". Attends, vous étiez *deux*?

Je me suis emparée du programme de la pièce qui traînait sur la table.

— Ben non, coudonc! Il y en a rien qu'un!

— Arrête ta scène, tu fais une folle de toi.

— Pourtant, t'aimes ça, les scènes, non? Pis comme tu me trompes depuis je sais pas combien de temps, j'ai déjà l'air folle. Rendue là, aussi bien faire comme si c'était vrai!

Sur ses traits, j'ai vu de la consternation. La peur aussi s'est profilée dans ses iris pers. Il ne m'avait jamais vue dans cet état. Moi non plus, d'ailleurs. J'étais portée par une énergie singulière. Je me suis retournée vers la femme qui accompagnait la blondasse.

— Bonjour, madame, désolée de faire ça dans le désordre, je me présente: je suis l'AUTRE blonde du beau chum de votre fille. Raphaëlle. Enchantée.

Tout le monde était bouche bée. La mère était dans tous ses états, ne sachant plus où se mettre, regardant en alternance sa fille, Laurent et moi sans savoir où s'arrêter, comprenant qu'avec sa curiosité, elle venait de déclencher une tempête.

J'ai fait un salut en bonne et due forme. Les bras de chaque côté du corps, je me suis inclinée juste assez longtemps, feignant une politesse remplie d'humilité, comme si j'espérais recevoir des applaudissements. Devant la mère et la fille, d'abord. Devant lui, ensuite, qui restait muet. Agacé. Contraint.

Pas un son, pas un bruit ne se sont élevés avant celui de la porte, que j'ai voulu claquer aussi fort que je pouvais. Mais les portes de loges ne claquent pas, elles sont faites comme ça.

La fuite

Je venais à peine d'entrer dans le condo que déjà, je suffo-
quais. Je ne pouvais plus rester ici, sinon le souffle allait me
manquer. Mon cœur battait à tout rompre, il sautait des
temps. Je tournais en rond chez moi, chez nous, dans ce
lieu que je ne reconnaissais plus.

« Est-elle déjà venue ici ? Vous êtes-vous embrassés dans
le salon ? Avez-vous fait l'amour sur l'îlot, vous aussi ? » Les
questions rebondissaient dans ma tête ; je ne pouvais poser
les yeux nulle part sans que la panique m'envahisse.

J'errais sans savoir ce que je cherchais. Je voyais Laurent
partout : dans sa bouteille de parfum sur la commode, les
vieilles montres de son père sur son bureau, ses papiers
dispersés la veille au moment de vider ses poches, les quelques
pièces de monnaie laissées sur la table ce matin-là.

L'orage se transformait en ouragan, me poussant à
l'évacuation.

J'ai calmé mon hyperventilation en inspirant et en
expirant en trois temps, puis je me suis assise sur le divan
et les larmes ont afflué, fuyant mes yeux sans permission.
Après avoir éparpillé ma tristesse et des vestiges de mascara
sur mes joues, ainsi que sur la manche de ma chemise,
victime collatérale, j'ai repris trois grandes bouffées d'air.
Une pour l'apaisement. Une pour le courage. Une pour la
résilience.

Un peu ragaillardie, je me suis levée doucement, je suis allée chercher ma valise et je l'ai remplie d'affaires prises au hasard : sous-vêtements, bas collants, déodorant, bottes de marche, cahier de notes, linge à vaisselle, serviette, gin, brosse à dents, beurre d'arachides, biscuits aux brisures de chocolat, vêtements de travail tachés de peinture, polaroïds, tampons... J'ai poussé fort pour faire entrer mes deux écharpes préférées et mes Dr. Martens *cherry red.* J'ai enfilé mon hoodie gris, mon imperméable, et je suis sortie dans le brouillard.

La nuit était froide, le ciel couvert. J'ai balancé ma valise dans le coffre de Bertha, où s'entassaient déjà des toiles à moitié peintes et des caisses pleines de peinture. C'est là que j'ai aperçu ce portrait de femme que Laurent trouvait particulièrement réussi. Je n'étais pas de cet avis, mais je l'avais gardé là, sans jamais le descendre à l'atelier pour le terminer. Il était en transit, comme dans les limbes. Quand j'ai constaté que la jeune femme que j'avais croquée à la place Jacques-Cartier avait la même couleur de cheveux que sa nouvelle muse et à peu près la même coupe, j'ai hurlé. Le visage n'était-il pas similaire aussi ?

Les voisins ont dû se demander qui se faisait égorger dans la ruelle, tant le cri était primal. J'ai empoigné la toile violemment et je l'ai posée devant la porte de chez Laurent. De toutes mes forces, je l'ai défoncée avec mon pied droit.

La protestation était claire, son amour n'avait plus de valeur.

J'ai grimpé à bord de ma minivan et j'ai roulé vers le sud.

Répondeur

00 h 43

«Bonjour, vous avez joint la boîte vocale de Chanterelle, au son du timbre, laissez-moi un message. Bip.»

«Salut, Loulou, fais pas le saut, mais je ne passerai pas à l'atelier demain. Ni après-demain… En fait, je ne sais pas quand je vais revenir. J'ai besoin d'air. T'inquiète pas, ça va… Non, ça va pas du tout, mais ça va bien finir par aller. Je vais t'écrire pour te donner des nouvelles. *Love.*»

00 h 45

«Bonjour, vous avez joint la boîte vocale de Chanterelle, au son du timbre, laissez-moi un message. Bip.»

«Salut Loulou, excuse-moi, mon dernier message sonnait probablement suicidaire pis pas clair. Laurent me trompe avec une de ses comédiennes, je l'ai appris quand la mère de la fille a demandé où était "son beau metteur en scène de chum". Ça, c'était après qu'il ait dit à cette fille, en la prenant dans ses bras, qu'elle était "un prodige"… À vue de nez comme ça, ça fait au moins un mois qu'ils couchent ensemble. Je pars, je sais pas où, mais loin de lui pis de ma vie. Juste pour reprendre des forces. Promis, je ne reviendrai pas en faisant des natures mortes… Je t'embrasse.»

Le douanier

Après avoir avancé pare-chocs contre pare-chocs durant une vingtaine de minutes, j'étais enfin arrivée au guichet.

Blond, grand, musclé, déroutant: le douanier dans la jeune quarantaine n'avait pas l'air d'un douanier, pas de l'idée que je m'en faisais, en tout cas.

— *Hi*, bonjour, d'où venez-vous?

— Montréal.

— Où allez-vous?

— New York.

— Toute seule?

— Je viens d'apprendre que mon chum me trompe.

C'était sorti naturellement. C'était la vérité et la meilleure explication pour justifier mon voyage. C'est bien ce qu'il faut faire aux douanes, non? Tout déclarer? Bon, peut-être pas si directement... Quoi qu'il en soit, l'honnêteté avait traversé le filtre du conformisme.

Il a froncé les sourcils. Ça devait être louche, une fille qui se confie avant de passer les lignes... Allais-je faire une autre confession? Avais-je posé un acte répréhensible après cette fatalité? Une fille qui avait l'air aussi instable devait avoir quelque chose à se reprocher... J'ai cru qu'il allait me coller sur le côté et fouiller mon véhicule de fond en comble, dans l'espoir de découvrir un indice, de la drogue, ou juste pour me donner une leçon, genre: «On ne s'épanche pas aux douanes, madame, tenez-vous le pour dit.»

Mais contre toute attente, il s'est montré intéressé.

— Avec qui?

— Une fille plus jeune...

Après avoir fui la réalité, je me tenais ici un peu par hasard, avec une caméra et deux grands yeux bleus braqués sur moi. C'était déstabilisant, il me semblait que ça faisait longtemps qu'on ne m'avait pas regardée ainsi. Puis l'absurdité de la situation m'a sauté au visage: j'étais en train de faire des confidences à un douanier! C'est impressionnant comme on peut repousser ses limites quand on a le sentiment de n'avoir plus rien à perdre.

— Il s'appelle comment? Voulez-vous que je lui bloque la route, s'il s'aperçoit qu'il vous a perdue et qu'il court vous rejoindre?

Je n'ai pu que sourire, l'humour étant généralement absent en ces lieux. Comme si changer de pays ne pouvait se faire dans la légèreté... sauf peut-être aujourd'hui.

— C'est tentant... mais ça va aller.

— Sourire vous va bien, m'a-t-il dit en me rendant mon passeport. Je ne suis pas inquiet pour vous.

Mes lèvres se sont étirées en quartier de lune et j'ai remercié le douanier qui n'avait pas l'air d'un douanier, pas de l'idée que je m'en faisais, en tout cas. J'ai remis la musique, baissé les fenêtres et j'ai roulé sur la 89 sans regarder derrière moi.

Les abeilles

Je n'avais jamais eu de grands projets. Je ne rêvais même pas au grand amour. J'avais toujours vécu le moment présent, les deux pieds bien campés dans l'ici et maintenant. Tout cela avait peut-être encore un lien avec le départ précoce de ma génitrice. Papa avait équilibré l'affaire, mais la leçon me semblait claire : je ne devais m'accrocher à rien ni à personne.

Je faisais donc très peu de plans. Puis j'ai trouvé l'amour par hasard sur mon chemin. Avec Eliott, je l'ai effleuré. Laurent m'a appris le reste : la démesure, le désir, l'impatience, l'euphorie, la jalousie aussi. Et la peur. Cette angoisse me prouvait une chose : je ne vivais plus dans le présent, mais dans l'espoir insensé d'un futur avec lui. Ce sentiment, Chanterelle ne l'avait jamais éprouvé avec ses hommes. Si ce n'était pas lui, ce serait un autre. Pour moi, Laurent était tout. Alors, ce serait tout ou rien. Et là, je me retrouvais devant le néant.

Comme j'enviais mon amie d'être aussi volage et libre ! Elle avait compris qu'en ne s'attachant nulle part, elle pouvait aller et venir au gré de ses envies. Profiter. Elle butinait, s'installant au creux d'une fleur le temps de se ravitailler avant de repartir. Moi, depuis trop longtemps, je ne carburais qu'à Laurent, et voilà qu'il n'était plus là.

Tout de même, certains jours, ça me dépassait que Chanterelle ait du mal à se poser. C'est réconfortant, revenir à la maison, retrouver les mêmes bras, la même voix, non ? Comment se pouvait-il qu'une fille aussi géniale puisse rester toute seule ? En guise d'explication, elle me citait Simone de Beauvoir :

— Une femme qui n'a pas peur des hommes leur fait peur. C'est expliqué dans *Le Deuxième Sexe*.

— Quoi ? Pourquoi j'ai eu des chums, d'abord ?

— Pour te rassurer.

Je repassais cette discussion dans ma tête. Elle avait peut-être raison. Mais qui allait me réconforter, désormais ?

Au fond, j'ai toujours su que Laurent et moi, ça ne pouvait pas durer éternellement. Je l'avais désiré avant qu'il me veuille. Et je l'aurai aimé longtemps après qu'il se fut lassé de nous.

Vert Véronèse

La végétation changeait un peu, au fur et à mesure que ma voiture s'enfonçait dans le Vermont. Je voyais défiler les sapins, les bouleaux, les érables ; je découvrais aussi des feuilles nouvelles, rassemblées autrement que sur les routes du Québec.

C'était ma première fois aux États-Unis. C'était agréable de découvrir de nouveaux paysages après avoir perdu d'un seul coup tant de choses que j'aimais.

Reckoner de Radiohead accompagnait ma fuite sous la lune. Elle était pleine, ce soir-là. Doucement, le soleil a pris le relais. Ses rayons s'infiltraient au travers des feuillages, venaient se poser sur ma voiture ou dans mes cheveux qui volaient au vent et me fouettaient les joues.

Les mouches s'écrasaient sur le pare-brise et j'avançais vers la lumière. Je tuais le temps en me lamentant avec Thom Yorke, célébrant chaque minute où je ne pleurais pas.

Vers 6 h 45, j'ai commencé à avoir faim. Je me suis arrêtée chez Denny's, j'ai commandé des pancakes aux bananes, je les ai arrosés de sirop d'érable qui n'en était pas et j'ai mâché chaque bouchée sans conviction, en regardant les quelques clients attablés autour de moi.

Je me sentais tellement seule ! J'ai composé le numéro de papa et, dès qu'il a répondu, j'ai éclaté en sanglots. Je lui ai expliqué la fin brutale de ma relation, le chaos dans ma tête et ma fuite spontanée, entre deux mouchages bruyants dans ma serviette de table. Il m'a rassurée, de sa voix chaude comme une caresse :

— Ça va aller. Tu vas t'en remettre, je te le promets.

— Tu t'en es remis, toi, du départ de maman ?

— Non. Mais tu es plus forte que moi.

— Tu es censé m'encourager !

Et je suis repartie à pleurer de plus belle. Il m'a bercée de loin, en m'expliquant qu'avec moi dans sa vie, il n'avait eu besoin de personne d'autre. Que j'étais jeune et que le monde m'appartenait.

— Le monde sans lui, j'ai l'impression qu'il ne vaut pas grand-chose.

— C'est pas vrai, parce qu'il y a toi dedans. Prends le temps qu'il faut pour te remettre. Mais reviens-nous vite, OK ?

— OK.

— Hey, Butterfly ?

— Mmm ?

— *Ti amo.*

— Moi aussi, papa.

J'ai raccroché. Ça allait mieux. J'ai balayé le restaurant des yeux. À travers la vitre, j'ai aperçu ma grosse Bertha pourpre qui m'attendait dehors. Je n'étais pas toute seule. J'ai laissé 20 dollars canadiens sur la table et je suis partie sans finir mon café.

Sophie

C'est un prénom court, simple, ordinaire. On a tous lu les histoires de Sophie quand on était jeunes, ou plutôt l'histoire de ses malheurs, mais aucune autre fille de ce nom n'a marqué ma vie. Ce prénom, je l'avais relégué à l'enfance et aux kiosques de limonade sur le trottoir. C'était le souvenir que j'en gardais, du moins, jusqu'à ce qu'il rebondisse au 21e siècle.

Alors, quand il m'a présenté cette interprète qui le fascinait, ça m'a presque déçue. Comment cette fille-là, jolie, mais somme toute assez quelconque, qui portait un prénom si simple, pouvait-elle faire autant de dommages ?

C'était improbable, quasi surréel, comme une tornade dans une petite ville du Nord.

Celle-là était une novice. Une jeune fille en fleur. Un nouveau talent pour alimenter l'ego de Laurent. Après presque quatre ans de relation, lui et moi avions pourtant davantage de points en commun que de différences. C'est vrai, on s'était moins vus au cours des derniers mois, pris dans le tourbillon du travail et de la création, mais même à cette distance, on parvenait à se retrouver. Notre passion pour les arts nous unissait.

Je n'arrivais pas à accepter l'idée que ce soit terminé. Je tentais d'avancer des arguments bidon pour me convaincre que tout ça relevait davantage de la bêtise que du bon sens.

On avait vécu tant de beaux moments ensemble! J'étais mieux établie qu'elle dans la vie. Mon nom valait plus de points que le sien au Scrabble... Pourquoi avait-elle eu droit à cette place de choix dans son existence? Je ne m'expliquais pas cette fin abrupte.

Comment était-ce possible que cette fille ait pu le détourner de moi? Qu'elle ait déconstruit jusqu'à nos fondations? N'avions-nous pas enfoncé nos racines dans le cœur de l'autre?

C'était si agréable de se bâtir une histoire, de voguer ensemble. En surveillant les coins qui craquent et en y mettant beaucoup d'amour pour être certains que notre embarcation ne prenne pas l'eau et qu'elle garde son erre d'aller. En mer, on reconnaît les bons bateaux quand les vents sévissent et que les vagues se déchaînent. Et les vrais capitaines sont ceux qui ne désertent pas le navire avant qu'il soit arrivé à bon port, ou au fond des eaux...

Shawn

— *Are you alone?* m'a-t-il demandé en pointant le tabouret à côté du mien.

— *Yes. Would you hold me while I'm sleeping? If the answer is no, you can leave**.

C'est ce que j'ai répondu à la question pourtant si simple qu'il m'avait adressée dans ce bar de Newburyport où je buvais depuis deux jours. J'aurais pu le faire en un seul mot, mais j'avais choisi de déverser mon fiel, de dévoiler toute mon amertume ; ma timidité, elle, avait disparu depuis midi, balayée par l'ivresse.

Il était de taille moyenne, cheveux châtains courts, barbe de quelques jours. Il m'a fixée, curieux et amusé par la petite bête qui lui faisait face.

— *You're funny*, a-t-il répliqué en s'assoyant sans ma permission.

— Je suis pas *funny*, ai-je grogné, davantage pour moi-même, en prenant une autre gorgée de bière.

— Heu… oui, a-t-il insisté, comme s'il pouvait lire dans mes pensées.

Il parlait français. On s'est donc mis à discuter. Longtemps. Il avait grandi à Gatineau et venait passer ses étés à

---

* — Es-tu seule ?
— Oui. Tu voudrais me serrer pendant que je dors ? Sinon, passe ton chemin.

aider son oncle à Newburyport. Le reste de l'année, il était prof de ski dans le Vermont où il louait une chambre au pied des pentes «pour des pinottes» grâce à son rabais d'employé. Il m'a demandé:

— Pêches-tu?

— Non.

— Tu devrais, c'est l'fun.

— J'aime pas ben ben les affaires le fun.

Il a éclaté de rire, un rire si sonore et si franc que me suis sentie obligée de le suivre. Quand le serveur s'est approché, il lui a commandé une pinte de rousse dans un anglais parfait.

— ... *and another Blue Moon for grumpy princess here.*

Une princesse grincheuse, moi? Devant mon air irrité, il s'est justifié.

— Quoi! C'est mieux qu'une *grumpy cat. Anyway,* je suis sûr que tu haïs ça, les chats.

— Effectivement.

— Bon, tu vois, on a déjà un point en commun. Alors comme ça, tu veux que quelqu'un te serre dans ses bras pendant que tu dors...

Je me sentais soudain infiniment vulnérable devant lui qui connaissait déjà mon besoin d'affection, si puissant que j'étais prête à solliciter des inconnus pour le combler. C'était donner trop de pouvoir à un sauveur jetable qui, au mieux, m'accompagnerait le temps d'une nuit pour panser mes blessures avec la chaleur de son corps. J'étais mise à nue et c'était, pour le moment en tout cas, particulièrement gênant.

— J'aurais voulu un inconnu, oui.

— Ça tombe bien, on ne se connaît pas.

— J'aurais voulu un inconnu... étranger.

— J'ai la double citoyenneté, mon père est américain.

— …

— C'était quoi tes autres critères ? Jusqu'à maintenant, j'ai tout bon… Viens pas me dire que je ne suis pas assez beau, tu m'as fait ta proposition APRÈS m'avoir vu.

— Je…

« T'es bouchée ! » C'est ce que Chanterelle m'aurait crié si elle avait été là. Elle n'aurait eu aucune compassion pour mon malaise. Je me tenais devant un gars attirant, aimable et certainement assez audacieux pour me répondre. Bon, à part mon ego qui était déjà rendu aussi bas que terre, qu'est-ce que j'avais à perdre ?

— J'ai pas beaucoup de critères. Le gars doit être plus grand que moi, sinon c'est moi qui suis prise pour faire la cuillère pis ça me tente pas.

— On est corrects, a-t-il confirmé.

C'est vrai qu'il était suffisamment grand. Ses mains étaient bronzées, peu poilues pour un homme, avec des longs doigts et des ongles propres, coupés courts et pas rongés. Des mains de bon gars.

— Trois sur trois. OK…

Tout en écalant des arachides sur le bar, j'ai appris qu'il adorait le chili, les Dead Obies, et que Rachel McAdams était son fantasme ultime. J'ai aussi compris que le ski et la pêche étaient de bonnes activités pour garder la forme, même s'il préférait encore le vélo de montagne. On voyait le relief de ses muscles sur ses avant-bras. Je trouvais ça séduisant.

J'ai interrompu à nouveau notre conversation pour aller aux toilettes. À mon retour, les lumières du bar étaient allumées. Il était si tard, déjà ? Shawn était debout devant le bar, enfilant sa dernière gorgée de bière d'une main, une bouteille d'eau dans l'autre qu'il m'a tendue.

— *Time's up,* a-t-il lancé. Tiens.

— Non merci.

— Je te confirme qu'avec ce que tu as bu, tu veux de l'eau.

— Tu ne sais même pas ce que… ai-je commencé, avant qu'il brandisse sous mes yeux la facture qu'il avait déjà payée.

— Oui, je sais. Allez, viens.

Il m'a enlacée par la taille et a lancé un « *'night, Joe!* » au barman avant de sortir. Je me suis assurée que les portes de Bertha étaient bien verrouillées, dans le stationnement du bar où j'avais dormi la veille, pour économiser l'hôtel.

On a marché jusque chez lui sur une route qui bordait le Merrimack. Avec l'océan tout près, ça sentait le sel et l'air mouillé de la nuit. Ça berçait bien la houle dans mon cœur.

Shawn vivait dans un minuscule chalet. Il comportait une étroite cuisine, une salle de bain grande comme ma main, un petit salon surmonté d'une mezzanine où étaient simplement posés un matelas et une courtepointe démodée.

Mon hôte s'est brossé les dents, appuyé sur le comptoir de la cuisine, en me regardant inspecter son refuge en détail. Après avoir craché et bu de l'eau, il m'a tendu sa brosse à dents encore humide.

— Heu, non, ça va aller.

— J'en ai juste une, a-t-il répondu, d'un air de défi.

Me laisser aller au lit sans me brosser les dents ne semblait pas une option. On s'est toisés, en se demandant qui céderait en premier. Ce serait moi, bien sûr. C'était la première fois que j'utilisais la brosse à dents de quelqu'un d'autre – que je ne connaissais même pas! Je l'ai enduite d'un grand trait de dentifrice avant de l'engouffrer dans ma bouche, allant et venant vigoureusement. J'allais survivre, finalement, et je devais convenir que ça faisait du bien. Puis il s'est approché de moi.

— Bon!

Il m'a aussitôt embrassée, de sa bouche qui goûtait la même chose que la mienne, une menthe polaire trop forte qui engourdissait mes papilles gustatives. Tout mon être était au ralenti à ce moment, mais c'était ce dont j'avais besoin. Ça, et ne plus penser à rien.

Nous avons fait l'amour sur sa courtepointe, après que sa langue ait glissé sur tout mon corps, estompant le souvenir des caresses de Laurent.

Bouche-à-bouche

J'ai accueilli Shawn dans ma vie comme on reçoit une bouée après avoir chaviré. En fait, ce serait plus juste de dire que c'est lui qui m'a accueillie dans la sienne. Je me suis agrippée à lui comme si c'était ma seule chance de survie. Il m'a sauvée de moi-même et m'a protégée du reste.

Au fond, j'avais juste besoin d'un gars fort pour me prendre dans ses bras et me donner l'impression que tout irait bien. Il faisait les deux très habilement, sans exiger grand-chose en retour, me permettant même d'oublier pourquoi je m'étais retrouvée dans un petit village du Massachusetts, loin de chez moi et de tout ce que j'aimais. De tout ce que je voulais fuir surtout. Ici, rien ne valait vraiment le détour, mais pour disparaître, c'était parfait.

J'ai bien dû affronter quelque peu la réalité quand la directrice de la galerie où je travaillais m'a appelée trois fois en 10 minutes pour savoir pourquoi je n'étais pas encore arrivée. Je l'ai rappelée pour lui dire que je ne rentrerais pas cette journée-là, ni les suivantes. Elle n'a pas très bien pris la nouvelle et s'est empressée de me donner des leçons de civilité. J'ai raccroché avant qu'elle réussisse à me faire sentir coupable.

Shawn me permettait de faire l'autruche. J'enfouissais ma tête dans son cou, mes tourments balayés par ses mots doux.

On faisait des choses simples ensemble, comme manger des s'mores dehors en espionnant les criquets. Cueillir des bouquets de fleurs sauvages. Se perdre dans le village (oui, c'était possible!) en écoutant le dernier album d'Alabama Shakes avec les mêmes écouteurs. Je l'accompagnais au port et je lisais des livres en anglais sur une petite chaise en plastique placée devant l'accueil, pendant qu'il travaillait. La peinture ne me manquait pas, et je n'avais pas de plan. Je savais que j'étais dans le déni et que je repoussais les décisions à prendre, mais pour le moment, ça me convenait.

Des fois, je m'endormais sur la table à pique-nique en bois, où il me retrouvait après sa journée. On allait manger des *fish & chips* ou des brochettes de poulet chez Joe en buvant de la bière. Il était gentil, Joe. On rentrait prendre une douche, puis Shawn me beurrait d'aloès pour atténuer les coups de soleil et me hissait sur la mezzanine, avant de venir se blottir contre moi. La douceur du quotidien. Il me rendait la vie simple, et c'était un des plus beaux cadeaux qu'on m'avait faits depuis longtemps. Ça, et m'apprendre à pêcher.

Mon beau prétexte

Après avoir statué que je ne détestais pas réellement les affaires le fun, Shawn avait insisté pour qu'on aille pêcher. J'avais fini par céder et par montrer un certain enthousiasme. Mais le jour J, quand la chaloupe a tangué sous mon poids et ma maladresse, j'ai regretté.

— Ça se peut que je meure étranglée par ma ligne, tu le sais, ça ?

— Non.

— Je n'ai jamais été bonne pour lancer des affaires.

— Je vais te montrer.

— OK. Pis si ça m'arrive pareil ? Tu vas faire quoi ?

— Ça n'arrivera pas.

— Le temps que j'apprenne, je te jure, j'ai le temps de mourir. Tu vas offrir mon corps aux poissons ou tu vas l'enterrer ?

Loin d'être démonté, il m'a regardée avec affection.

— On t'a déjà dit que tu étais défaitiste ?

— Non.

— Ah ben. Ça m'étonne !

Je le savais bien que j'étais défaitiste, et même parfois carrément catastrophiste. Et c'était pour le mieux. Je tombais de moins haut quand tout s'écroulait.

Il n'y avait qu'avec Laurent que j'avais osé croire que l'amour pouvait durer... J'avais eu tort. Même en m'abandonnant, même en y croyant fort, je finissais toujours par être déçue.

Shawn m'avait emmenée dans le coude d'une rivière, là où on pouvait faire les meilleures prises des environs. Il m'a montré comment utiliser le moulinet, comment le verrouiller après avoir relâché le fil et comment lancer ma ligne à l'eau. Bon, il est arrivé à une ou deux reprises (davantage, peut-être) que le fil s'emmêle et que mon appât retombe à côté de moi, mais Shawn était patient. Chaque fois, doucement, il répétait la leçon. Apprendre la pêche, ou le ski ou quoi que ce soit d'autre, ça exige de la patience et un bon prof. J'avais un des deux, c'était toujours ça de pris.

On y est retournés souvent, et d'une fois à l'autre, je prenais de l'assurance. J'ai appris comment effectuer un bon nœud pour attacher l'hameçon, comment y enfiler un ver de terre. Ça l'a surpris que je ne sois pas dégoûtée ; les filles en général n'aiment pas trop ça, semble-t-il. Moi, ça m'était égal. Avoir plongé les mains à répétition dans la glaise, le plâtre et la colle m'avait sûrement immunisée contre ce genre de répulsion. À chacun ses forces.

J'aimais aller pêcher avec lui. En silence, le soleil au-dessus de nos têtes, et rien d'autre à l'horizon que des jours heureux.

Longue distance

— Allô !

— Bonne fête Thelmaaa, bonne fête Thelmaaa, bonne fêêête, bonne fêêête, bonne fêêête Theeelmaaaaaa.

Ma meilleure amie massacrait le célèbre refrain à l'autre bout du fil. J'ai dû éloigner le combiné de mon oreille tant elle chantait fort.

— Tu y as pensé… T'es fine !

— Si j'y ai pensé ? Est-tu drôle, elle ! Ma meilleure amie a 30 ans et j'aurais *oublié* ? Quelle idée, aussi, d'être terrée dans un trou aux États-Unis pour passer le cap de la trentaine. Je suis obligée de chanter comme une nounoune au téléphone au lieu de te serrer dans mes bras !

— Tu fausses, mais t'es pas nounoune.

— Ha, ha ! C'est gentil. Je m'ennuie de ma *partner*… Tu reviens quand ? Ton pêcheur aurait pas d'autre chose à faire que de te garder en captivité dans son chalet ?

— Je te confirme que je suis encore ici de mon plein gré.

— Avoir le goût d'habiter dans une ville où y a ni métro ni aéroport, ça me dépasse.

— C'est tout l'intérêt, et tu le sais…

— Laurent vaut tellement pas la peine que tu t'exiles ! Ark, j'ai prononcé son nom, il y a comme un goût de moisi dans ma bouche tout à coup…

— Ha, ha, ha ! Je t'aime. Je pense plus trop à lui. Enfin, je crois... Je suis juste pas prête à rentrer. Ça me fait du bien, l'air de la mer. Je me suis acheté des aquarelles, je déteste pas ça.

— Wow ! Tricotes-tu aussi, tant qu'à y être ? T'as pas eu 60 ans !

— Je savais que t'aimerais.

— Fais attention à toi, OK ? Pis oblige Shawn à te faire un gros gâteau. Ou un strip-tease.

— Sans faute. Je t'embrasse. À bientôt.

Shawn m'a plutôt emmenée chez Joe pour célébrer. Quelques habitués de la place se sont joints à lui pour entonner *Happy Birthday*, et j'ai eu droit à une énorme part de *cheesecake*.

— Bonne fête, Sunshine, a-t-il murmuré en m'embrassant.

J'étais bien dans ce bar où il y avait trop de bois, trop de photos de bateaux et de luminaires kitsch. Il y avait juste papa qui me manquait. Beaucoup. Il ne m'avait pas appelée de la journée.

L'odeur de la térébenthine

Mon père était peintre industriel. C'est avec lui que j'ai pris goût à l'odeur de la peinture à l'huile et de la térébenthine, et au plaisir de créer une œuvre en quelques coups de pinceau. Il y avait là quelque chose de magique. Ce travail transformait les murs, stimulait les sens. Je l'ai réellement aimé le jour où j'ai commencé à faire du découpage pour l'aider; il n'avait pas les moyens de se payer une gardienne et moi, j'aimais ça, être avec les grands. Juan, son assistant, me faisait rire. Il ne parlait presque pas français, mais on se comprenait quand même. C'est lui qui m'a appris qu'il y avait plusieurs façons de se faire comprendre. Les formes et les couleurs en étaient une.

Je garde des souvenirs très clairs de notre première visite dans cet immeuble où il n'y avait que nous : le son des ventilateurs, mes pieds qui collaient sur les toiles au sol où des gouttes étaient tombées, l'envie de mettre de la couleur partout, de faire la peinture avec les doigts... Cependant, là-dessus, mon père était intraitable. Il m'avait bien prévenue que ce n'était pas un jeu, que c'était même très sérieux.

Avec minutie et patience, il m'a montré comment coller le ruban adhésif pour le découpage. Comment je devais essuyer mon pinceau pour ne pas que ça coule. L'angle que devait prendre ma main, un peu trop petite à l'époque, pour coincer le pinceau entre mon pouce et mon index sans avoir recours aux autres doigts. Et comment tracer une ligne parfaite, sans coulisse ni oubli. Puis, il m'a laissé faire. Et j'ai réussi. Je les ai aidés.

J'admirais la rigueur avec laquelle il travaillait. Lorsqu'il enfilait ses vêtements de peinture, il était droit, précis dans tous ses gestes, méticuleux jusqu'au fond des placards. Mais à la fin de la journée, son regard s'adoucissait, ses épaules se relâchaient, il riait de bon cœur et on sifflait ensemble, en nettoyant les pinceaux et en lavant les plateaux à peinture.

Noir de fumée

Quand le téléphone a sonné, au milieu de la nuit, j'ai cru à un mauvais numéro et j'ai fait semblant de ne pas l'entendre. Le téléphone s'est tu, mais il s'est réactivé aussitôt. Avec un effort colossal, je me suis hissée hors des bras de Shawn, jusqu'à l'appareil. J'ai ouvert un œil sur le petit écran : Cahtnerelele...

Malgré ma vision encore brouillée et ma voix de baryton, j'ai répondu :

— Loulou ?

— Allô, Raphaëlle... désolée de te réveiller au milieu de la nuit.

Elle avait parlé lentement, et prononcé mon prénom complet d'un ton grave, glacé comme mon corps en dehors des couvertures.

— Qu'est-ce qui se passe ?

— C'est ton père.

Le froid d'octobre

J'aurais tellement voulu revenir en d'autres circonstances. En fait, je crois que j'aurais préféré ne jamais revenir. Rester dans les bras de Shawn, sur notre lit-balcon, dans le berceau fragile de notre histoire, même si elle était vouée à se terminer, probablement avec les premières neiges au Vermont. Je ne voulais pas penser à ça, et surtout, je ne prévoyais pas être la première à quitter le navire. Et pourtant... J'ai embrassé Shawn en pleurant, un bec mouillé pas pour les bonnes raisons. On savait tous les deux que c'était un baiser d'adieu. Je ne reviendrais pas, et lui repartirait bientôt. Je lui ai dit merci pour tout. Pour l'hébergement, les cours de pêche, le quotidien si doux, les baisers-pansements, l'accueil sans jugement, mes silences qu'il n'avait pas brisés, les s'mores qu'il m'avait appris à aimer, les frenchs dans la mer froide après minuit. Bref, merci pour l'été que nous avions partagé. J'ai tourné les talons et j'ai foncé vers Bertha sans me retourner.

J'ai repassé les douanes sensiblement dans le même état que quatre mois plus tôt, sonnée, vidée de mes larmes, mais avec un sac de plus qu'au départ. Des souvenirs m'assaillaient de toutes parts : des fragments de papa, des bribes de paroles. Son rire. Sa façon de m'appeler Butterfly. La fierté dans ses yeux la première fois que j'ai exposé dans un café. Les traces de ses gallons de peinture imprimés dans les tapis de la voiture. Son parfum, Mi amor, que je sentais toujours comme s'il était à côté de moi. Et bien plus encore.

Cesserais-je un jour de m'en vouloir d'être partie ?

Le douanier était beaucoup moins charmant qu'à l'aller. Il a soupiré bruyamment quand j'ai échappé maladroitement mon passeport entre mon siège et la portière.

— Des choses à déclarer ?

Je viens de quitter Shawn et papa est mort.

— Quelques achats. Pour 200 dollars peut-être.

Il m'a jaugé ; c'était peut-être louche de rapporter si peu de choses après avoir vécu plus de quatre mois dans un pays étranger. Il m'a finalement laissé passer sans poser plus de questions.

La clé de l'atelier était toujours pendue à mon trousseau. J'y ai repensé au moment où je suis arrivée en vue de Montréal ; je me suis dit qu'il y avait là un «chez nous» toujours ouvert. Quelques minutes plus tard, j'ai abouti devant la porte. Chanterelle n'y était pas. Mes toiles avaient été empilées près du mur, mais mon chevalet était toujours là et ma table de travail n'avait pas bougé ; c'était un environnement suspendu dans le temps. J'y ai retrouvé mes petits pots et mes gros gallons, désorganisés comme à mon départ, une légère couche de poussière en plus. L'enveloppe remplie de mes sujets d'inspiration du moment était toujours au centre de la table, fermant de peine et de misère. L'inspiration d'une vie révolue. Ces idées avaient appartenu à celle que je n'étais plus…

J'essayais de repousser le visage de papa, mais j'échouais lamentablement. Il me suivait partout. Depuis qu'il n'était plus là, il me semblait encore plus présent.

Toute mon enfance, papa avait été mon phare. La lumière au bout de tous les tunnels, la solution à tous les égarements. Depuis le début de ma vie adulte, je naviguais à vue, mais qui me montrerait le chemin, maintenant? Qui allait m'appeler le soir pour me demander si tout allait bien ou ce qui n'allait pas, me rassurer de sa voix chaude de Québécois cassée par une Italie lointaine qu'il avait dans la peau? J'étais bien partout parce que je l'avais, *lui*, quelque part, pas loin. Je savais que j'aurais toujours un espresso qui m'attendait à la maison, ainsi que des bras grands ouverts.

Le seul endroit au monde où j'étais sûre d'avoir une place, c'était dans son cœur, où j'avais jeté mon ancre.

Sans lui, je partais à la dérive.

La pire des peines d'amour

Maman est partie sur la pointe des pieds, un matin de juin. J'avais neuf ans. C'était un acte délibéré; elle avait orchestré sa fuite dans le silence. Une fuite qui a duré deux ans, entrecoupée par une carte postale avec une photo d'elle sur une scène devant public. Son rêve de jouer du country se réalisait enfin. Il avait juste brisé le mien de grandir dans une vraie famille.

Un jour de décembre, elle est revenue comme elle était partie, sans s'annoncer, pour constater que j'avais «donc grandi»! Puis elle m'a donné, pour me démontrer qu'elle avait pensé à moi, un petit chapeau de cowboy avec mon nom brodé dessus. «Faite à' main, en plus!», a-t-elle claironné en me l'offrant, excitée comme une puce.

Je la reconnaissais à peine. Ses lèvres étaient gonflées, surtout celle d'en haut. Ses pommettes soulignées de fard rose étaient plus rondes que dans mon souvenir, et son front, lisse comme la peau d'un bébé. Son cou trahissait cependant le passage du temps, ses mains aussi, qui étaient plus maigres qu'avant, les veines plus apparentes. Quelques taches brunes gâchaient son bronzage, mais ses longs ongles roses faisaient diversion.

Je l'ai remerciée en regardant mes pieds, et j'ai dit à papa que j'allais continuer mes devoirs. Je ne lui ai pas vraiment reparlé ce jour-là, papa non plus, d'ailleurs. Elle s'est vite rendu compte que le motel Bourassa était moins glamour que sa vie là-bas. Six jours plus tard, elle repartait comme elle était venue.

Le deuil s'est fait graduellement. Quand on est dégoûté de quelqu'un, c'est plus facile de l'oublier, même si on l'a aimé très fort, même si c'est cette personne qui nous a façonnés. L'être humain se construit durant des années, vient un temps où la biologie n'a plus grand-chose à voir avec son évolution.

Papa a pris soin de moi comme un chef. Un chef de tribu. Il a accueilli mes amis à la maison sans jamais rechigner, même si je sais qu'il devait tenir les comptes un peu plus serrés pour se permettre de nourrir quelques bouches en plus.

Parfois, avant d'aller à l'école, il m'emmenait avec lui au Caffè Milano où il allait rejoindre les siens : Gianni, Zeno, Emilio. Ils discutaient en italien. Je ne comprenais que des bribes, ils parlaient trop vite, mais la musicalité était belle. J'adorais être avec eux, et puis les croissants étaient délicieux.

Les souvenirs continuaient d'aller et venir, comme une nausée persistante. Je pleurais sans pouvoir retenir mes larmes, ignorant les appels de Shawn. Je n'avais pas la force de lui répondre. Je m'efforçais d'oublier.

Les funérailles

Les nuages gris s'amoncelaient dans le triste ciel d'automne, formant un plafond sombre ne laissant le soleil se faufiler qu'en de rares occasions. Un rayon d'espoir, une illusion de beau temps qui s'évanouissait rapidement.

Chanterelle est venue me prévenir, me chuchotant à l'oreille: «Laurent est là...»

Je lui en ai voulu d'être venu, même si je l'avais secrètement souhaité.

Il avait la mine déconfite, probablement pour d'autres raisons que celle qui nous faisait pleurer aujourd'hui. Il m'a prise dans ses bras, serrée très fort. Je ne l'ai pas repoussé. Et c'est peu dire! Je crois qu'il a été rassuré de voir qu'il me faisait encore de l'effet. Peut-être aussi était-il envahi par le remord, ou avait-il l'impression qu'il m'en devait une. Il avait connu papa, et il connaissait mon amour pour lui. Comme lui aussi avait perdu son père, j'imagine que cet état de fait créait une connexion. Un autre point en commun, une affinité funeste.

Peu importe, j'étais contente de le voir.

Plusieurs personnes étaient présentes, témoignant de la marque qu'avait laissée papa dans leur vie. Quelques anciens collègues que je reconnaissais, des voisins. Ses amis, bien sûr, et quelques-uns des miens: Marco, que je n'avais pas revu depuis longtemps, sa blonde Émilie, enceinte jusqu'aux oreilles, Joëlle, Mathilde et son chum Martin.

Au moment de la mise en terre, Laurent m'a tendu sa main que j'ai serrée fort. Je m'y accrochais, pour la journée seulement. Après s'être autant donné à quelqu'un, l'autre peut nous comprendre sans qu'on prononce une seule parole. Une part de moi était contrariée de constater qu'il avait toujours cet accès privilégié aux tumultes de mon âme, qui ne se traduisaient que par un soupir silencieux.

Du temps qu'on était ensemble, il percevait ma grisaille et mes colères, même les jours où je portais du rouge à lèvres et du maquillage sur les yeux.

Il devinait mes tempêtes.

Chanterelle avait accepté de déposer la hache de guerre – une preuve d'amour grande comme le ciel – quand je lui avais fait comprendre d'un coup d'œil que j'avais besoin de sa présence. Elle m'aimait plus qu'elle ne le détestait. J'ai apprécié son ouverture.

— Tu l'haïras demain, lui ai-je chuchoté du bout des lèvres, pendant que Laurent jetait une poignée de terre sur le cercueil, sous son regard réprobateur.

— Ça devrait quand même être lui, là-dedans! a-t-elle lancé en passant devant moi pour s'exécuter à son tour.

Je ne sais pas s'il l'a entendue. J'étais contente de savoir que ma petite soldate était toujours là pour me défendre, même quand je ne me battais plus. Mais la trêve me faisait aussi du bien; elle me permettait de mettre mon énergie ailleurs.

En guise de drapeau blanc, il n'y avait en ces lieux que les lys assemblés en gerbe déposée sur le bois verni du cercueil de papa. D'ailleurs, le tableau contrastait avec sa vie, qui avait été remplie de musique et de couleurs. J'ai interrompu le prêtre.

— Attendez une seconde.

J'ai lâché la main de Laurent et j'ai couru jusqu'à Bertha. Chanterelle m'a suivie en courant aussi, dans ses talons hauts qu'elle ne sortait vraisemblablement pas assez souvent pour y être à l'aise.

— Raph! Ça va?

Elle s'est arrêtée à côté de la minivan, essoufflée et l'air inquiète. J'ai sorti mes clés et j'ai ouvert le hayon.

— Non. C'est trop gris, cette journée de merde. Il manque de couleurs.

Je lui ai tendu des palettes, une poignée de pinceaux, quatre gallons de peinture. Du rouge, du jaune, du bleu, du blanc. J'ai refermé la porte, puis j'ai vérifié si j'avais bien mon cellulaire sur moi avant de verrouiller les portières.

— Viens.

Tout le monde se regardait, perplexe. Laurent était sûrement celui qui avait la plus drôle de tête. Il ne me connaissait plus tant que ça, finalement.

— Monsieur le curé, est-ce qu'on peut remonter le cercueil, s'il vous plaît? Ce sera pas long.

— Heu… Oui, oui, mademoiselle.

Il avait semblé chercher un argument pour refuser et continuer ses prières, mais comme j'étais la seule famille du défunt, il n'avait pas vraiment le choix. Le préposé à la descente mécanique du cercueil a eu l'air déconcerté de déroger du plan de match habituel, qui finissait toujours de la même façon, au fond du trou, avec de la tourbe fraîche dessus. Le cercueil remonté, je l'ai épousseté; ça ne se faisait sûrement pas, mais bon, l'art n'impliquait-il pas de défaire les règles? J'ai lancé mon cellulaire à Emilio.

— Mets une chanson qu'il aimait.

Pendant qu'Emilio cherchait dans mes listes de lecture quelque chose susceptible d'accompagner papa pour son dernier party, Chanterelle a fait couler l'acrylique sur les palettes. On a commencé à peindre pendant que Nina Simone chantait, on aurait dit juste pour papa.

Dragonfly out in the sun you know what I mean, don't you know
Butterflies all havin' fun you know what I mean
Sleep in peace when day is done/That's what I mean
And this old world is a new world/And a bold world
*For me**

On a peint des cœurs, le ciel, une rivière et un coucher de soleil, son moment préféré de la journée. Papa répétait toujours que quand la nuit tombait, le soleil se relevait quelque part. Qu'il fallait le partager.

C'était beau, sa vision de la vie.

On a aussi peint le drapeau italien et un *cortado* pour le tenir au chaud. J'ai terminé en reproduisant un papillon avec des ailes trop grandes pour la surface.

«J'espère qu'il y a plein de papillons en haut, pour mettre de la couleur dans l'éternité et me rappeler à toi», ai-je souhaité intérieurement.

De l'index, j'ai tracé un cœur dans la peinture encore fraîche, puis trois petits x.

Quelques larmes ont coulé sur mes joues. J'ai regardé le prêtre, satisfaite.

— C'est bon, vous pouvez continuer.

---

* Les libellules volent dans le soleil, tu sais ce que je veux dire, n'est-ce pas
Les papillons s'amusent, tu sais ce que je veux dire
Dormir en paix quand la journée est finie/Voilà ce que je veux dire
Et ce vieux monde est un nouveau monde/Et un monde audacieux
Pour moi.
Feeling Good (Anthony Newley et Leslie Bricusse, 1964)

Quelques adieux

Après avoir dit au revoir aux hommes de ma vie, je me suis perdue dans la peinture. On pourrait même dire que je m'y suis noyée. Ce n'étaient pas des jours heureux. Je m'abandonnais à cette passion qui n'était plus la mienne, faisant souvent n'importe quoi. Je continuais par instinct. Je n'avais plus d'amour à donner à mes toiles. Rien à transmettre non plus à travers elles. Il n'y avait plus d'étoiles dans mes yeux ni de frissons sur mes bras quand je ramassais mes pinceaux. Plus d'excitation quand je mélangeais les couleurs. Plus de folie dans l'atelier.

J'avais pourtant un certain succès avec une nouvelle série qui mettait en scène des danseurs, des corps en mouvance. Dans ces œuvres cohabitaient la force et la grâce. Ça fonctionnait bien, une galerie de l'Estrie en vendait plusieurs par mois à des prix qui me semblaient exorbitants. On me disait que beaucoup d'Européens repartaient avec mes toiles en souvenir; mes peintures s'avéraient peut-être une heureuse alternative aux photos de paysages d'hiver et aux capteurs de rêves…

Si les œuvres de Thelma plaisaient aux touristes, j'avais l'impression qu'elles n'étaient même plus de moi. Comme si un clone les réalisait à ma place. C'était de la peinture à la chaîne, pour survivre. Je passais presque tout mon temps à l'atelier.

Pour la première fois, je vivais seule. J'avais récupéré mes affaires qui traînaient toujours chez Laurent et beaucoup de meubles de papa. Il n'était pas question que je reprenne l'appartement de mon père, trop de fantômes y erraient. Chanterelle m'avait aidée à vider ce logement qui m'avait vue grandir, et Emilio à tout déménager, tout ce qui rentrait dans un petit 3½ du Mile-End, en tout cas. Les planchers craquaient et la peinture s'écaillait par endroits, mais je m'y sentais bien, probablement parce que je m'y reconnaissais. C'était mon nouveau chez-moi.

Même si papa avait tiré le diable par la queue une bonne partie sa vie, il avait réussi à économiser des sous pour sa retraite, une retraite qu'il n'aura finalement jamais prise. J'ai hérité de ses REER et d'une petite somme qui, sans être astronomique, me permettrait de vivre à l'aise quelque temps, sans m'inquiéter des ventes de mes toiles. Mes revenus me préoccupaient quand même (c'était ma nature), mais disons que j'avais un répit.

En réalité, l'homme de ma vie, c'était lui.

Le pire, c'était le soir. Quand j'avais envie de lui téléphoner pour rien, juste pour échanger quelques mots. Il m'aurait alors demandé ce que j'avais peint de beau aujourd'hui, et je lui aurais répondu que ce n'était rien de si beau. D'ailleurs, il l'aurait dit en même temps que moi, parce que c'était toujours ce que je répondais. On aurait ri ensemble, puis je lui aurais parlé de mes modèles et de mes sujets d'inspiration. Des fois, je lui envoyais des photos de mes œuvres en chantier, qu'il commentait avec des grands mots en italien, des bises ou un émoticône avec des cœurs à la place des yeux.

Jamais je ne me serais doutée que son cœur expirerait avant le temps. Était-ce parce qu'il m'avait donné trop d'amour?

En rentrant à la tombée de la nuit, il m'arrivait souvent de pleurer son absence au-dessus d'un verre de vin.

Terre de Sienne

L'eau avait coulé sous les ponts continuellement en réparation de Montréal, mais l'inspiration n'allait pas en s'améliorant. L'envie de peindre n'était pas revenue. J'étais en panne sèche.

Une année s'était écoulée depuis le départ de papa, ainsi que des dizaines de bouteilles de vin. J'avais passé beaucoup de temps avec Chanterelle, avec Mathilde aussi, avec qui j'avais repris contact aux funérailles de papa. Après ses études, elle avait ouvert une boulangerie dans Saint-Henri. C'était d'ailleurs là qu'elle avait rencontré Martin, le père de ses nouveaux jumeaux. J'allais parfois lui rendre visite en banlieue, ou elle me rejoignait à Montréal avec ses moussaillons. Côtoyer cette vie «comme les autres» me distrayait. La routine des couches et des bains avait quelque chose d'apaisant. Je repensais aux rares fois où on avait évoqué l'idée saugrenue, Laurent et moi, d'avoir des enfants. Ça faisait partie des aspirations que j'avais jetées aux oubliettes, en même temps que celle de m'attacher de nouveau à quelqu'un.

Si je n'étais pas complètement inadaptée socialement, on ne pouvait pas dire que j'étais très impliquée non plus, sans parler de ma libido à laquelle j'avais semblé dire adieu au même moment qu'à Shawn et à ma vingtaine.

J'étais bloquée. Jachère sexuelle. C'était le besoin le moins comblé de toute la pyramide. Mon corps était au repos forcé, comme la terre entre deux semailles. Il ne me restait qu'à attendre.

Je cultivais la patience et, en espérant le retour du soleil, je servais des déjeuners.

Deux œufs tournés bacon

— Je ne peux PAS croire que tu travailles chez Deuzeu-Bacon. C'est le pire gaspillage de talent de l'histoire de l'humanité! Pis le pire nom de restaurant aussi, en passant.

— Je gaspille pas mon talent, je me repose. C'est épuisant, créer tout le temps.

— Ah, pis r'garde, tu fais ben ce que tu veux!

— Je sais!

Regard d'orage. Chanterelle ne partageait pas ma vision du monde. Depuis son succès torontois, la demande n'avait pas dérougi. Récemment, elle avait même été approchée par une galerie de New York. Ses toiles se vendaient rapidement et à prix fort. Selon elle, le même destin m'attendait, si seulement j'y mettais l'énergie nécessaire.

Elle ne manquait pas une occasion de me rappeler sa désapprobation par des remarques zéro subtiles et très directes. Mais elle s'habituerait à l'idée. Ça faisait déjà deux mois que je me rendais cinq jours par semaine à un petit restaurant qui avait pignon sur rue près du marché Jean-Talon. Je réglais mon réveil à 5 h 45, du lundi au vendredi. Comme un fonctionnaire. Ça me donnait une raison de me lever. L'odeur du café me faisait du bien, ainsi que plein d'autres petites choses simples: le crépitement des pommes de terre dans la cuisine; la livraison de viennoiseries de la boulangerie du coin; Gary, un habitué toujours présent à l'ouverture ; le jazz en sourdine qui accompagnait le lever du soleil derrière la vitrine. Tout ça m'apaisait.

Le fait de ne pas avoir à réfléchir, mais juste à exécuter, me détendait. Noter les commandes et les transmettre à la cuisine. Servir les assiettes, des verres d'eau, des tasses de café. Imprimer la facture. Rendre la monnaie. Recommencer le tout. Les matinées étaient bien remplies et ça compensait le vide qui m'attendait en rentrant chez moi, les poches un peu plus pleines, mais la tête toujours dans la brume.

Chanterelle m'obligeait à passer à l'atelier au moins deux fois par semaine, «pour garder la main». J'y allais le mardi et le vendredi midi après mon quart de travail ; je trouvais que c'était des belles journées. Négligeant mes pinceaux, je ramassais mes crayons de plomb, je m'installais sur un tabouret et je barbouillais ce que je voyais. Mais j'avais vite l'impression d'être en punition. Rien ne venait, du moins rien de mieux que des dessins d'enfants sur les napperons du Pacini.

Le reste du temps, puisque j'étais incapable de pondre quoi que ce soit de valable, je buvais trop de vin en écoutant les vinyles de papa : Nat King Cole, Chet Baker, Burl Ives, Ella Fitzgerald. Quand il faisait beau, je branchais mes écouteurs dans mon téléphone et j'allais errer dans la ville. Les paysages se succédaient, sans pour autant m'inspirer. Mes idées avaient perdu toute leur clarté, comme du miel cristallisé. Mon esprit sortirait bien un jour du brouillard dans lequel il était plongé.

J'ai attendu comme ça pendant un an et demi, sans constater de changement.

Outre-mer

En arrivant au studio un jour à midi, j'ai découvert une bouteille de champagne sur ma table de travail. Un peu découragée de mes excès, Chanterelle n'avait pas l'habitude d'en rajouter et de me faire boire davantage. Surtout pas le matin. Mon amie me regardait avec un petit sourire.

— On fête quelque chose ?

— Oui, madame ! Ton succès !

— Ah oui ! Tu l'as retrouvé ? Il était où ? ai-je ironisé.

— T'es conne. Ouvre l'enveloppe.

J'ai tout de suite remarqué l'adresse dans le coin supérieur gauche : rue de l'Hôtel-de-Ville, Paris.

À l'attention de Mme Raphaëlle Bianco,

Nous sommes très heureux de vous annoncer que votre candidature a été retenue par la Cité internationale des arts pour un atelier-résidence à Paris. Notre comité de sélection a reçu un grand nombre de dossiers et le vôtre s'est démarqué par ses sujets, le choix des palettes et la fluidité de la technique. Les membres du comité ont également souligné l'originalité de votre démarche. Pour toutes ces raisons, c'est avec plaisir que nous vous accueillerons pour une durée de six (6) mois, à partir du 1er mars prochain.

Les précisions relatives à votre atelier ainsi que les documents nécessaires à la préparation de votre voyage vous seront envoyés sous peu.

Avec nos plus sincères félicitations,

Michelle F. Decontillac
Directrice du département international

— Je ne comprends pas…
— Tu t'en vas à Paris.
— Oui, c'est ce que j'ai lu… C'est toi qui es derrière ça?
— Oui!
— T'as envoyé quoi, comme dossier? Je n'ai rien fait de bon depuis des siècles.

Un peu gênée, comme une enfant qui s'attend à se faire gronder, Chanterelle a sorti d'un classeur un petit document élégamment relié. Elle me l'a tendu. En tournant les pages, j'ai vu plusieurs de mes toiles inachevées que Chanterelle avait photographiées, imprimées et retravaillées, en ajoutant des éclats de couleurs en *dripping*. Elle avait aussi superposé mes dessins au crayon de plomb à des fonds lisses et très pigmentés. Toutes les œuvres étaient titrées: *Premier baiser. Nuits d'amour. La tricherie. Les déchirements…*

Plus loin, j'ai découvert ma «lettre de motivation» et le projet que je soumettais: *Je veux décortiquer l'état mental de l'amoureux, représenter le chaos de son cœur selon les étapes d'une relation (…) Je souhaite exprimer les sentiments vécus lors d'une histoire d'amour à travers la fluidité des couleurs, et les mettre en opposition aux traits bruts du crayon, qui représentent la pensée et la rationalité (…) J'irai puiser mon inspiration dans les quartiers de Paris, une ville riche par son histoire, mais surtout reconnue pour ses idylles (…) L'exil me permettra d'observer les rapports amoureux autrement, d'un point de vue de specta-*

trice, avec des protagonistes inconnus (...) Paris est la ville de l'amour, après tout!

— Wow! T'étais inspirée.

— J'ai tout donné, a-t-elle rigolé.

— Je vois ça. T'es forte, ai-je admis. Tu aurais dû soumettre le dossier pour toi...

— Et aller vivre avec les Français qui me tapent déjà sur les nerfs? Non merci! De toute façon, ça prend quelqu'un pour garder le fort, ici. Ça n'aurait pas été toi, certain...

Effectivement, je n'étais pas des plus assidues à l'atelier... et quand je passais, c'était souvent juste le temps d'un café.

— C'est sûr que tant qu'à boire du vin tout le temps, au moins là-bas, il va être bon.

— Et moins cher, a-t-elle ajouté dans un sourire.

Je crois que Chanterelle me connaissait mieux que moi-même. Elle savait que je devais chasser les nuages noirs de mon esprit si je voulais enfin réussir à créer de nouveau. Et elle me poussait dans le dos, espérant que ce détour me permettrait de prendre mon élan et de repartir dans la bonne direction. Orgueilleuse, j'avais ravalé mes larmes.

— Il est vraiment temps que tu te trouves un chum, tu le sais, ça? T'as beaucoup trop de temps libre.

— Si j'ai trop de temps, c'est parce que ma meilleure amie travaille tout le temps! Et j'en aurai encore plus quand elle sera de l'autre côté de l'océan... Tu vas me manquer.

On a échangé un regard rempli de considération l'une pour l'autre, puis on s'est serrées dans nos bras, comme des sœurs qui s'aiment depuis toujours. On a sabré le champagne avec une spatule à mélanger et on a bu, les doigts dans la peinture.

Deux mois plus tard, à bord de l'avion qui quittait ma ville dans la nuit, j'ai fait jouer l'iPod de papa que j'avais récupéré dans ses affaires, avec ses listes que je n'effacerai jamais. Bercée par *Sun Leads Me On* de Half Moon Run , j'ai regardé la terre s'éloigner. Ça devenait une habitude, aurait-on dit, de me déraciner pour aller me replanter plus loin. Peut-être que je me solidifiais ainsi.

Encore une fois, Chanterelle avait vu juste. C'était une bonne idée d'emmener ma solitude ailleurs, de lui faire prendre l'air.

Pouls

Paris était différente de Montréal. Ses sons, son rythme. Son effervescence, aussi.

Dès que je mettais le pied dans la rue, j'étais submergée par le rugissement des voitures qui s'engageaient sur le quai de l'Hôtel-de-Ville, par les scooters qui se faufilaient entre elles en bourdonnant comme des abeilles. Les chauffeurs impatients pestaient contre tout : la circulation trop dense, les passants et la pluie de fin d'hiver. Les terrasses bourgeonnaient de clients dès l'apparition des premiers rayons du soleil ; ils aspiraient la fumée de leur clope avant même leur premier café du matin.

J'étais fascinée par la beauté des rues et l'architecture des immeubles qui s'élevaient avec grâce sur plusieurs étages, charmée par les portes cochères de toutes les couleurs. Rouge acacia. Bleu poudre. Menthe. Noyer. Massives, elles imposaient le respect et l'admiration. On sentait qu'elles camouflaient des mondes derrière leur impassibilité – des mondes accessibles par les codes qu'on devait entrer sur de petits claviers métalliques, nous donnant l'impression, pour un instant, d'être un agent secret.

Chaque jour, Paris se dévoilait un peu plus à moi. À chaque instant, elle sollicitait mes sens. Je me laissais bercer par la nouveauté. Une petite déroute qui était la bienvenue.

J'avais posé mes pénates au 18, rue de l'Hôtel-de-Ville, un immeuble imposant à quelques pas de la Seine. C'est le concierge qui m'a fait visiter. Un homme de peu de mots. Il m'a guidée vers le studio du quatrième étage que j'occuperais pendant les six prochains mois :

— Ici, c'est l'espace atelier, vous avez un bureau, un chevalet... De ce côté, vous avez le coin lit. La petite salle d'eau est derrière la porte ici, les douches sont au bout du couloir, je vous montrerai en sortant. Et juste là, c'est la cuisinette.

La cuisinette portait bien son suffixe, qui donnait un bon indice de son envergure. Les installations étaient d'un minimalisme qui aurait fait sourciller Mathilde, mais ça me suffisait. Le réfrigérateur était lui aussi minuscule, cependant je pourrais y conserver quelques victuailles et garder le blanc au frais. Je n'en demandais pas plus.

Le concierge m'a montré brièvement les aires communes, dont la cour intérieure, et m'a finalement indiqué où je pourrais récupérer mon courrier. Comme si j'avais des chances d'en recevoir...

Un de mes voisins de palier jouait du piano. Quelques jours après mon arrivée, il m'a surprise à l'épier depuis le couloir qui desservait une vingtaine de studios ; les appartements étaient tellement petits que plusieurs locataires laissaient leur porte ouverte durant la journée. Ça les aérait, et ça permettait de se sentir moins seul. Quand je l'ai entendu ce jour-là, en revenant du marché, il jouait une pièce de Chopin. J'ai été envoûtée par les harmonies. En m'apercevant, il s'est interrompu :

— Est-ce que le piano vous dérange ? Je peux fermer la porte si c'est le cas.

— Non, non, c'est beau ! J'écoutais...

— Ah ! Tant mieux.

— Vous n'êtes pas au cinquième étage ?

Les musiciens étaient tous réunis au cinquième étage, question de ne pas troubler la paix des autres résidents qui avaient besoin de silence pour créer.

— Je ne suis pas ici pour le piano. Je suis ici pour écrire. Le piano me permet de me vider la tête. Ça me délie les doigts aussi… Comme les touches sont plus lourdes sur un piano, j'arrive à attaquer celles du clavier de l'ordinateur avec un peu plus de légèreté, ensuite…

— Ah…

— Et puis les fausses notes retentissent tout de suite au piano. À l'écrit, on ne les découvre qu'en se relisant…

Voilà qui était un joli plaidoyer sur l'importance de relativiser. Certaines rencontres permettent de remettre les événements en perspective.

Je lui ai souhaité un bel après-midi et je suis rentrée dîner chez moi en mijotant sa sagesse. J'aimais bien l'idée de me mettre en danger, de revenir aux sources avec mes crayons, comme à mes débuts, comme avec Stan, comme quand je n'avais rien à perdre.

Au fond, j'étais presque revenue à la case départ sans le vouloir. J'avais tout perdu.

W.C.

La pluie tombait fort, rageuse. Elle s'arrêtait parfois, momentanément, puis repartait de plus belle. Le ciel, bipolaire, ne se branchait pas. L'eau glissait sur l'immense toile qui recouvrait la terrasse chauffée du bistro où j'étais attablée, créant un cocon confortable pour les promeneurs téméraires qui s'y entassaient afin de boire et fumer. Autour de moi, les verres s'entrechoquaient, les cigarettes se consumaient, emboucanaient l'air ambiant. J'aimais bien cet environnement, tant que je n'étais pas juste à côté d'un fumeur à la chaîne.

Je suis allée à l'intérieur et j'ai demandé au barman où était la salle de bain.

— La *salle de bain*? Elle est bonne celle-là. Hé, hé, la salle de bain!

Il s'est mis à rire tout seul, amusé par mon accent, mes mots, ma question. Il riait de bon cœur, et je n'ai pu que m'y mettre moi aussi; sa bonne humeur était contagieuse. Le ventre rond comme un ballon, le nez exubérant, les pommettes hautes, tout son visage se crispait et se détendait dans une gymnastique aléatoire.

Mon serveur, un grand mince aux cheveux peignés sur le côté, est intervenu en revenant de l'extérieur avec un plateau chargé de verres vides.

— S'il vous embête, vous me le dites, hein? C'est pas parce que c'est le patron qu'il peut se moquer de mes clientes!

Je lui ai souri. Son intervention était intéressée, mais néanmoins flatteuse. Le barman s'est finalement ressaisi, se concentrant pour reprendre son souffle et le sérieux dû à son titre.

— Ah, le Québec! Excusez-moi, c'est trop charmant. Vous aurez plus de chance avec les w.c., à moins que vous ne teniez vraiment à prendre un bain! Ils sont tout en bas à gauche.

J'ai remercié les deux hommes avant de descendre.

Les jours qui suivirent, je suis revenue souvent à ce bistro, rue de Bretagne.

Le gentil serveur m'offrait chaque fois un verre; lorsque je me rendais au bar pour régler la note, je constatais qu'il manquait toujours une consommation sur la facture. La première fois, jamais je n'aurais pu partir sans le souligner. À deux reprises, on m'a répondu «c'est bon comme ça!» avec un clin d'œil. Après quoi, je ne l'ai plus mentionné.

J'étais sous le charme et rentrais avec le sourire. Cinq euros, ça ne change pas le monde, mais se faire offrir un verre, gentiment, sans rien attendre en retour, ça fait plaisir. Je retournais vers le studio à pied, en songeant que la vie est parfois belle, finalement, et qu'il fallait juste être au bon endroit, au bon moment. Je me suis promis qu'à l'avenir, je serais plus attentive aux petits bonheurs qu'elle déposerait sur mon chemin.

Nénuphars

J'avais déjà passé un mois dans la ville des lumières, des touristes, des ponts et des pluies. Je me remplissais la tête de tout ce que je pouvais, et le corps de baguettes jambon-beurre, de crudités, de pâtisseries, de charcuteries et de vin pas cher du Monoprix. Le matin, je lisais et me risquais parfois à la peinture, mais j'étais encore peu inspirée, sans réelle direction surtout. Je nettoyais mes pinceaux plus longtemps que je ne les avais utilisés, avant d'aller attraper de quoi me sustenter pour le lunch, sur le chemin des beaux quartiers.

Aujourd'hui, j'allais me perdre à l'Orangerie. Quand je suis entrée dans la grande pièce ovale qui abritait les *Nymphéas* de Monet, j'ai eu le souffle coupé. L'œuvre semblait hors du temps. La douceur des traits, la précision des couleurs dans un nuage de pastels, de bleu, de vert, de taupe, de noisette. J'ai repensé à ma professeure Mandy, à l'huile de lin et à la recommandation qu'elle nous avait donnée de voir la vie différemment. J'y suis restée de nombreuses minutes, envoûtée par cette œuvre magistrale.

Dans une des salles du musée, je suis tombée sur un groupe d'étudiants éparpillés dans tous les coins. Chacun reproduisait dans son cahier une toile qu'il observait. Ça m'a émue de les voir ainsi concentrés, la langue sortie au coin de la bouche témoignant de leur application. Certains plissaient beaucoup les yeux, pour mieux discerner un détail ou l'ensemble du tableau. D'autres dessinaient sans réfléchir, tournant rapidement les pages de leur *sketch book,* les noircissant sans vraiment rendre hommage à la palette de l'artiste objet de leur étude – à quelques exceptions près, dont ce jeune artiste pour lequel j'ai ressenti tout de suite de l'empathie. Peut-être parce qu'il lui manquait un bras. Il était assis en tailleur et soutenait son cahier avec un de ses genoux. On voyait la forme de son épaule gauche dans la courte manche de son t-shirt de coton. Il prenait son temps, malgré l'assurance de son geste. Ses craies étaient éparpillées dans un contenant en plastique déposé devant lui. Méthodiquement désordonné. Il semblait habitué aux regards posés sur lui, et restait très absorbé. Je me suis approchée, captivée.

— C'est inspirant de te voir dessiner.

— Merci.

Il m'a souri candidement et observée quelques instants, de ses yeux clairs encadrés de très longs cils, avant de poursuivre sa tâche. Ses traits étaient fins, son nez constellé de taches de rousseur. Il remplissait sa page avec une grâce fascinante. Ses gestes étaient fluides, rendant hommage à l'œuvre qui était accrochée devant lui à chaque coup de craie. Si ses grands mouvements semblaient aléatoires, il façonnait sa reproduction avec une justesse admirable. Des lignes envahissaient la page, ne touchant jamais le coin inférieur gauche laissé vierge, un petit triangle immaculé. J'étais curieuse.

— Pourquoi réserves-tu une zone blanche ?

— C'est ma signature, en quelque sorte. Il me manque des petits bouts, a-t-il dit en me désignant son bras absent. Dans mes dessins aussi. C'est ma façon de laisser ma trace sur mes œuvres. On les reconnaît vite comme ça ! a-t-il rigolé en me décochant un sourire étincelant.

— Tu as quel âge ?

— Vingt ans.

Douze ans de moins que moi, et tant d'assurance déjà...
J'étais stupéfaite par sa pureté, sa façon de voir la vie autrement, d'en faire une force. Pour la première fois depuis un
bon moment, j'ai éprouvé l'envie de dessiner.

— Est-ce que ça te dérange si je fais ton portrait ?

— Juste si vous me demandez d'arrêter de bouger !

— Non, non, l'ai-je rassuré en sortant un carnet à dessin
et des crayons de plomb de mon sac.

Assise au milieu de ces élèves, je me suis exécutée avide-
ment, en ne pensant à rien. Je me ressourçais à même leur
jeunesse et leur curiosité.

J'ai esquissé trois croquis rapides, instinctifs, pour saisir
les bonnes lignes, construire son corps entre mes doigts. Au
troisième, j'ai compris. J'ai retourné la page et j'ai recom-
mencé plus doucement, en portant attention aux détails,
en précisant les angles, les courbes, l'ombre et la lumière.
Le plomb le sculptait pudiquement, et quelques lignes
d'encre noire sont venues accentuer certains traits, créant
une image forte et fragile à la fois.

J'ai signé Thelma, parce que c'était ma trace à moi. J'ai
détaché la feuille de mon cahier et l'ai tendue à l'étudiant qui
m'avait redonné envie de créer.

— Oh, c'est beau !

Il a observé longtemps le portrait, attentif.

— Je te le donne.

— C'est vrai ?

Sa joie était tellement belle à voir qu'elle m'a fait rire.

— Oui !

— Vous êtes une artiste, pas vrai ?

J'ai hoché la tête, parce qu'il me donnait envie d'y croire ;
je me rappelais enfin pourquoi j'avais choisi ce métier.

— Merci beaucoup. Je vais l'accrocher près de ma table à dessin. Ça m'inspirera.

— Merci à toi.

Je suis repartie sans savoir son nom, avec mon cœur en bandoulière et la tête dans les nénuphars.

Dominique

Après ce passage à l'Orangerie, j'étais de nouveau inspirée, si bien que je ne sortais presque plus de mon studio. Je pouvais passer des heures à peindre, sans m'arrêter pour manger, croquant simplement dans une pomme ou buvant une gorgée de thé entre deux touches de pinceau.

Trois coups sur la porte ont interrompu ma transe. J'ai baissé le volume de la musique qui trahissait ma cadence et je suis allée ouvrir.

— Salut! Je suis Dominique, la voisine de gauche. J'entends ta musique depuis tôt ce matin. Tu n'as pas dû t'arrêter, si tu es comme moi. J'ai préparé un goûter, tu en veux?

Une grande femme aux yeux d'hiver se tenait devant moi. Ses cheveux laissés naturels étaient presque tous gris, noués en un chignon lâche qui laissait s'échapper ça et là quelques mèches rebelles. Elle devait avoir la mi-cinquantaine. Dans ses mains, un joli cabaret en bois soutenait une bouteille de rosé, deux verres, un bol de salade, une ficelle et deux fromages.

— Hum, oui, d'accord! C'est gentil. En passant, je m'appelle Raphaëlle.

— Enchantée, Raphaëlle.

Elle a proposé d'aller manger dehors, la journée étant relativement chaude pour la saison, et la petite cour inondée de soleil. Je l'ai invitée à entrer une seconde, le temps que je me nettoie un peu et que je prenne un manteau. Elle

a observé mon travail depuis l'entrée, curieuse, sans toutefois poser de question.

— Tu peux regarder, ça ne me dérange pas.

Dominique dégageait de la douceur et de la bienveillance.
Elle était la bienvenue chez moi. N'importe qui offrant une
pause lunch à un artiste en blitz de création est un ange.

— J'aime bien ton style. C'est du plâtre, tes textures ?

— Du marouflage, avec de la pulpe de papier. Et je
rajoute du plâtre aussi, oui, par-dessus.

— Intéressant. Très intéressant.

Alors que je me dirigeais vers l'ascenseur pour descendre
dans la courette, elle m'a plutôt désigné l'escalier, et montré
le chemin vers une terrasse située sur le toit, dont j'ignorais
jusqu'alors l'existence.

On a terminé la salade au milieu d'éclats de rire et siroté
le vin tout le reste de l'après-midi. Dominique venait de
Bruges, en Belgique. Pas d'enfant, pas de mari, elle voyageait
beaucoup et le reste du temps, elle peignait. Quelques
galeries en France et en Belgique présentaient son travail,
elle parvenait à en vivre. «Pas riche, mais heureuse!» résumait-
elle. Ça me rappelait quelqu'un...

En voyant le soleil se cacher derrière les arbres, on a
convenu de se rejoindre une heure plus tard pour continuer
cet agréable moment sur une terrasse chauffée. J'ai juste pris
le temps de ranger mes pinceaux et mon plan de travail, de
prendre une douche et on s'est retrouvées dans le corridor.
En passant devant l'appartement de mon voisin, Dominique
a lancé :

— Bonne soirée, André !

Même si l'auteur-pianiste laissait toujours la porte de
son logement ouverte, j'ignorais à peu près tout de lui.
Après cette journée, non seulement j'avais une nouvelle
amie, mais je pourrais saluer mon voisin par son prénom.

Andrew

Le soleil se couchait plus tard ici que chez nous, même s'il ne sortait pas tellement ces jours-là. Paris était grise, seuls les jardinières et les auvents mettaient un brin de gaîté, ou encore les jolies vitrines des boulangeries qui enrobaient de sucre les mauvaises nouvelles de la météo.

Doucement, je prenais le rythme de la ville. J'adoptais certaines expressions aussi, ici et là. Je malmenais ma langue pour faciliter la compréhension des serveurs et, chaque fois, je me demandais si je n'étais pas en train de me travestir. De trahir mon peuple, ses expressions, ses diphtongaisons remplies d'amour. Les Français nous reprochent la mollesse, moi, leur rigidité. Ça s'annulait.

Comme un caméléon, je m'improvisais une tête de Française, occupée, impatiente, pointant le bec à la première interaction, malgré le manque de décibels qui trahissait ma timidité.

J'ai rencontré Andrew dans un bistro, un jour gris. J'avais mangé sur la terrasse qui donnait sur la Bastille, accompagnée par *Le Charme des après-midi sans fin* de Dany Laferrière, dans une quiétude que j'avais rarement atteinte depuis mon arrivée ici. Deux Français, bien saouls, se sont chargés d'y mettre fin. Ils se sont assis à côté de moi, troublant ma sérénité en parlant trop fort et en enfumant ma table avec leurs Gitanes. Après quatre tentatives d'attirer l'attention de la serveuse pour qu'elle m'apporte l'addition, je me suis tannée. J'ai jeté mon roman et mes lunettes dans mon sac et je suis allée me planter au bar, dans l'espoir qu'elle me considère enfin. Quand elle s'est approchée, je n'ai pas manqué de lui faire savoir mon insatisfaction... Bon, je n'ai pas eu l'audace de le formuler aussi directement que je l'aurais souhaité, mais j'avais bon espoir qu'elle ait compris.

— Le Québec est en colère? C'est rare.

Sur le premier tabouret à côté de la caisse, un homme venait de m'interpeller d'un air frondeur. De toute évidence, il avait décelé mon impatience. Je l'ai détaillé rapidement. Grand, d'allure jeune, il avait les cheveux châtains et les yeux bleu clair, sa peau était lisse et mate, sa mâchoire carrée, ses joues creusées juste au bon endroit... Ses mains étaient longues et ses doigts effilés se couronnaient d'ongles propres et bien taillés. D'une beauté soufflante. Il était presque trop parfait. On aurait dit un gamin dans un corps d'homme. Il aurait pu être mannequin. C'en était peut-être un, au fond.

— Tu as l'âge de boire, toi? Je croyais que chez vous aussi, il fallait au minimum 18 ans.

L'irritation causée par les deux soûlons de la terrasse et par la serveuse m'avait insufflé suffisamment de répartie et de courage pour que je puisse lui répondre ainsi. S'amusant de mon impertinence, il a saisi son verre et l'a calé d'une traite, comme pour me défier. Puis il s'est levé, a balancé deux billets de cinq euros sur la table, et s'est arrêté à ma hauteur.

— Andrew, a-t-il dit en me tendant la main, les yeux plantés dans les miens malgré les deux têtes qu'il avait de plus que moi.

— Raphaëlle.

— Tu veux aller prendre un verre ailleurs ?

— Pourquoi pas ?

Je n'avais presque pas hésité. Endorphines postcolère, probablement.

On est sortis en marchant du même pas. On avançait vite, sans parler. Je ne savais pas où on allait ni pourquoi je le suivais, d'ailleurs. Probablement à cause de son magnétisme, sachant bien qu'il manquait un peu de piquant dans ma vie ; il fallait commencer quelque part. Alors, pourquoi pas à Paris, en allant boire un verre avec un inconnu en plein après-midi ?

Je l'ai suivi dans un Monoprix où il s'est faufilé jusqu'au sous-sol, en ayant l'air de savoir très bien où il s'en allait.

— Blanc, ça te va ? a-t-il demandé en s'arrêtant devant un étalage.

— Oui.

Il a cherché frénétiquement une étiquette, m'indiquant ses critères :

— *Twistcap*, moins de six euros et 13 % d'alcool.

— Ça ne fait pas l'affaire, du 12,5 ? l'ai-je questionné en m'emparant d'une bouteille qui me semblait tout à fait valable.

— Non.

Je l'ai reposée aussitôt.

J'étais avec un blanc-bec qui voulait s'enivrer. Génial. Lorsqu'il a sorti son portefeuille pour payer les deux bouteilles qu'il avait choisies, j'ai saisi sa carte d'identité nationale sans qu'il s'en formalise. J'ai fait rapidement le calcul. Il avait 23 ans.

Comment pouvait-il être aussi confiant ?

Il m'a attirée dans la cour intérieure d'un hôtel qui donnait place des Vosges.

— On a peut-être 20 minutes avant de se faire choper, mais ça vaut le coup.

La vue était magnifique. Le soleil de mai transperçait les nuages, les haies étaient taillées à la perfection, des fleurs inconnues, abondantes, aux coloris riches (rose quinacridone, violet, jaune jonquille) pavaient le chemin vers l'entrée de l'hôtel. On s'est assis par terre, près d'un haut mur de pierre sur lequel étaient glorifiés les mérites d'un chevalier d'une autre époque.

On a vidé les bouteilles, sans verre ni rien. On les a bues une à la fois, ce qui était stupide quand on pense qu'on en avait deux, mais bon, la séduction ne doit pas faire bon ménage avec la raison. J'enfilais les gorgées et je n'y ai plus pensé.

Il partait pour Milan le lendemain, pour la semaine de la mode. Je n'ai pas réagi, ne voulant pas me montrer impressionnée, même si je l'étais. Lorsqu'il m'a avoué gagner sa vie avec son corps (sur les passerelles, pas dans les rues sombres des quartiers glauques, au moins), j'ai juste osé une question :

— Quand tu dis ça aux filles normales, elles sont complexées par toutes les mannequins que tu as dû te taper ou elles s'estiment chanceuses de fricoter avec un gars de ta trempe ?

— Il faudrait leur demander. Je ne sais pas.

— Tu ne leur poses jamais de questions ou quoi ?

— Pas avant la troisième bouteille.

— Ah, bon.

C'était vrai, il ne m'avait pratiquement rien demandé ; peut-être qu'il s'en foutait. Il semblait n'avoir rien à faire non plus d'hier ou de demain, il profitait du moment. Il ne prenait pas soin de lui non plus, comme en témoignaient l'alcool qu'il buvait comme de l'eau et le paquet de clopes qu'il venait d'enfiler devant moi, sans aucune pause, sauf quand il évoquait sa passion pour le poker, Wes Anderson et la boxe, son sport de prédilection. Ce qui expliquait probablement la perfection de sa silhouette.

Faut l'avouer, il était pédant. Je le trouvais imbu de lui-même, mais j'étais captivée par ses lèvres calamine, le bleu de ses yeux et la souplesse désinvolte avec laquelle ses cheveux, parfaitement coupés, s'entremêlaient sur sa tête.

Après les deux bouteilles, on n'avait toujours pas vu de gardien et on n'avait plus de vin. Il m'avait peut-être baratinée, peut-être avait-il brandi le danger juste pour dégager l'assurance sexy des contestataires (et ça avait marché). Bref, on s'est levés pour aller acheter une troisième bouteille, après laquelle, qui sait, il s'intéresserait peut-être à moi. J'étais déjà ivre, je l'ai constaté en me levant et en manquant trébucher. Il n'était même pas 16 heures. C'était complètement ridicule.

— Mais t'es bourrée, toi !

— Tu pensais quoi, après deux bouteilles de vin en moins d'une heure ? ai-je répliqué pour ma défense.

Il m'a agrippée par la taille, mais il n'a pas marché moins vite pour m'épargner. Je tentais de garder la tête droite même si je vacillais. Nous avons suivi le même itinéraire jusqu'au sous-sol du Monoprix et, en moins de deux, on était dehors avec du vin. Cinq minutes plus tard, on était chez lui.

J'observais tout ce que je pouvais : la cuisine trop grande pour un frigo si vide, les quelques romans posés sur l'immense table de la salle à manger aux murs gris foncé, aussi froide qu'un cimetière. Le portfolio que j'ai ouvert sur le buffet pendant qu'il s'attardait dans la salle de bain. J'y ai découvert des photos de lui, torse nu, habillé chic, androgyne ou hyper masculin, entouré de filles tout aussi grandes et belles que lui. Ici dans un studio, là sur une plage ou sur une passerelle de défilé... J'ai imprimé son nom de famille dans ma tête, avec l'intention de le chercher sur Internet.

Il m'a rejointe et m'a offert du vin, dans un verre, cette fois. Il n'avait rien d'autre à me proposer. J'ai refusé ; j'avais surtout faim et ma tête tournait. Je ne me rappelle plus qui a embrassé qui en premier, mais on s'est retrouvés dans son lit.

Il a pris ma langue, mon cul, puis mon corps en entier. Il l'a dompté comme s'il n'avait rien connu avant lui, comme si je n'avais pas vécu mes 32 printemps de la bonne façon. Le secret de l'humanité, c'était lui qui le détenait.

Qu'est-ce qui devait triompher ? Le plaisir ou la vertu ? Je m'étais posé la question entre deux baisers sans obtenir de réponse valable, sûrement à cause de mon jugement altéré par le vin. Si je n'avais écouté que mon bon sens, je serais partie avant qu'il retire mes vêtements. Il méritait plutôt qu'on lui dise non, ce que les filles qu'il avait croisées n'avaient pas dû faire souvent. D'ailleurs, je les comprenais, car ma seule envie était d'en prendre encore.

Je me flagellais intérieurement de m'offrir à un gars si peu gentil qu'il battait des records. Une autre partie de moi, plus égoïste, se félicitait d'avoir réussi cette prise et savourait de tous ses sens le goût exquis de cet égarement. Ça faisait longtemps.

On a baisé durant un long moment, ou peut-être pas, je ne me rappelle plus très bien. Ma pudeur avait disparu, noyée dans les bouteilles à 13 % qu'on avait calées comme des adolescents, dans la cour d'un hôtel où nous n'avions pas le droit d'être.

Après l'acte sexuel, qu'il devait pratiquer aussi souvent que ses mouvements de boxe, à en juger par la technique et le détachement qui teintaient son exécution, il a décrété une sieste et programmé son réveil pour une heure plus tard. Docile, ou résignée, je me suis couchée à ses côtés avec l'impression de me soumettre à lui, mais j'avais bien besoin de dormir et de cuver tout ce vin. Il m'a agrippée sans tendresse et on s'est endormis ensemble comme deux solitudes. Quand l'alarme a sonné, il ne s'est pas réveillé. La sonnerie agressait mes tympans, mais lui ne bougeait pas d'un cil. Je l'ai arrêtée, la mettant toutefois en mode rappel. Nue, je me suis faufilée dans la salle de bain en marbre. Par la fenêtre, je voyais la ville qui poursuivait sa journée. Il faisait encore clair.

Je n'avais pas encore statué si je m'étais fait avoir. Je n'avais pratiquement pas eu le temps de le désirer que, déjà, le sexe était fini. La douce magie de la société moderne. Des *one night* en après-midi, avec une sieste d'une heure pour remplacer la nuit. Tout trop vite, jamais de temps à perdre, d'ailleurs si on n'a pas d'orgasme tout de suite, on perd patience...

Après mon monologue mental, assise sur les toilettes, songeant à notre société à la dérive, j'ai conclu que l'heure de sommeil n'avait clairement pas été suffisante pour dégriser. Je suis sortie de la salle de bain et j'ai repéré mes sous-vêtements par terre. Un condom utilisé traînait aussi sur le sol. Par réflexe, j'ai eu envie de le jeter, mais je me suis ravisée et je l'ai laissé là, pour être sûre qu'il se souvienne de son après-midi, au cas où l'alcool lui ferait douter de la réalité de cet épisode. La troisième bouteille de vin, qu'il avait bue tout seul, traînait sur la table de chevet. Elle était presque vide.

J'ai quitté son appartement sur la pointe des pieds, avec mes doutes et mes vertiges, en espérant très fort n'avoir rien laissé derrière moi. Je suis rentrée chez moi en Vélib'. Mon ego, tantôt plaqué d'or, perdait de son lustre à chaque coup de pédale. J'avais la forte impression d'avoir saboté mon bonheur de ce matin, celui d'avant Andrew et les fumeurs de la terrasse.

Petite déroute entre autres maladresses...

Monsieur Lim

Je rentrais de faire quelques courses, cet après-midi-là, quand j'ai croisé monsieur Lim pour la première fois. Il n'était pas très grand. Ses épaules étaient voûtées sous sa veste doublée en nylon. Il avait les cheveux ras, couleur béton, et portait des verres fumés gris anthracite. Dans la main droite, il tenait deux sacs d'épicerie et dans la gauche, une longue canne rouge et blanche qu'il faisait aller et venir devant lui en tentant d'atteindre la porte de notre immeuble. Je me suis dépêchée de le rejoindre pour l'aider, parlant fort pour le prévenir de mon arrivée :

— Attendez, je vais vous ouvrir !

Il s'est tourné vers moi avec un sourire bienfaisant, on aurait dit qu'il souriait déjà avant que j'arrive.

— C'est bien aimable.

Après l'avoir laissé passer, je lui ai proposé de l'aide pour monter ses sacs.

— Si vous insistez, a-t-il abdiqué sans perdre le sourire. Je m'appelle Chong Lim.

— Moi, c'est Raphaëlle. Je réside au quatrième. Vous êtes à quel étage ?

Il m'a guidée jusqu'au troisième étage. Manifestement, il connaissait les lieux aussi bien que moi. Il a sorti une clé de la poche de son manteau et l'a glissée dans la serrure, puis il a poussé la porte et m'a invitée à entrer. Une dizaine de toiles étaient accrochées aux murs ; la peinture de certaines semblait encore fraîche. J'ai été soufflée par cette découverte inattendue, par la beauté de ses tableaux. Les couleurs étaient vives : rouge pompier, jaune citron, vert émeraude, bleu nuit, et une déclinaison de mélanges harmonieux, avec des ponctuations de blanc et de noir bien choisies.

— Elles sont moches ou quoi ?

Monsieur Lim a ri, appuyé près du petit frigo qu'il avait ouvert, en attendant que je lui tende ses victuailles. J'étais restée muette devant le spectacle qui s'offrait à moi, les deux sacs de provisions pendant toujours au bout de mes bras.

— Mais non, pas du tout ! C'est juste… C'est vous qui ?… Comment faites-vous pour ?…

Je n'avais pas réussi à poser la question comme il le fallait. Nous ne nous connaissions pas, et je n'aimais pas paraître intrusive auprès d'un inconnu. Je me suis donc dépêchée de mettre le lait, le jus, les cornichons et les fraises au frais, montrant ainsi que je ne scrutais plus son travail.

— Comment je fais pour peindre si je ne vois rien ?

Sa voix était douce, il en émanait une totale sérénité. Elle était dénuée de tout artifice, dans ses mots comme dans sa sonorité.

— Je vois avec les doigts ! a-t-il poursuivi, amusé.

— Un artiste magicien, c'est cool.

— Tous les artistes sont un peu des magiciens, non ? Ils perçoivent des choses que les autres ne voient pas.…

Il s'est approché doucement de son plan de travail, montrant à tâtons chacun de ses pigments :

— Jaune : pastel sec. Vert : crayon de cire. Rouge : crayon de bois. Noir : fusain. Blanc : acrylique. Bleu : peinture à l'huile.

Un médium par couleur. C'était ça, sa magie. Et la patience d'attendre que ça sèche, de toucher, de ne rien défaire, de deviner et de continuer à créer la toile en même temps. Sa vision transcendait ses sens, qu'il sollicitait pour façonner ce qu'il ne pourrait admirer de ses yeux. Il laissait ce plaisir aux autres, sans se priver pour autant de savourer chaque étape de son exécution.

J'étais émue. Par son courage. Par sa vision aussi, même si, au premier degré, il en était privé. La belle leçon d'humilité ! En regardant ses mains, j'ai compris ce que j'aurais pu deviner plus tôt : avoir tous ses sens ne fait pas en sorte qu'on les utilise mieux. Puis, j'ai osé :

— Vous n'avez pas peur que les gens achètent vos œuvres par pitié ?

Il a réfléchi un instant.

— Bien malheureux, celui qui achètera une toile par pitié... L'art, c'est comme l'amour : il n'a de valeur que dans les yeux de celui qui le regarde. Ce n'est pas moi qui décide si les gens aiment ce que je fais ou non. Il en va ainsi pour tous les artistes. Après ça, aussi bien faire ce qui me plaît.

À partir de ce moment-là, j'ai commencé à moins me soucier de ce que les autres pouvaient penser. Et ça, c'était beaucoup grâce à monsieur Lim, chez qui je suis retournée prendre le thé à plusieurs reprises dans les semaines qui ont suivi.

Motus et bouche cousue

J'allais souvent boire un digestif chez Dominique. On en prenait généralement plus d'un, mais ce n'était pas grave; le lendemain on commençait plus tard et c'était réglé. Son style à elle était abstrait, mais techniquement très précis. Les fonds de ses toiles étaient lisses et épurés, tous d'un bleu sobre très vibrant, une couleur qui était stimulante et apaisante à la fois.

— Oh, s'il te plaît! Dis-moi comment tu la fais, cette couleur?

— Motus et bouche cousue. Les grands chefs ne donnent pas leurs recettes.

— Mais oui, des fois, dans les magazines!

— Tu liras les magazines, alors.

— Mais tu ne le diras jamais? Allez, Dominique! Juste à moi!

Ma curiosité se heurtait chaque fois au mur de son silence, un mystère qu'elle alimentait avec un malin plaisir. Elle était devenue une amie précieuse. Je me considérais très chanceuse qu'elle soit venue frapper à la porte de mon atelier.

Depuis quelque temps, mes séances de travail étaient longues et intenses. Je me réveillais à cinq heures du matin et je peignais sans relâche jusqu'au dîner, avant de m'y remettre tout l'après-midi.

Un soir, complètement vidée, je me suis repliée chez ma voisine pour m'enivrer d'autre chose que des émanations toxiques de mon dissolvant.

— Ah zut, j'aurais bien voulu te recevoir, mais je vais au cinéma…

On a donc convenu de se reprendre le lendemain et je suis partie dans le Marais, marchant jusqu'à mon bistro préféré, dans la rue de Bretagne. Mon serveur n'y travaillait plus, m'a-t-on appris. Ce n'était pas ma soirée, moi qui avais envie de compagnie! Puis, j'ai pensé à monsieur Lim. Un petit thé conclurait bien cette longue journée.

Alors que je remontais le corridor qui menait chez lui, la porte de son appartement s'est ouverte. Un éclat de rire que je connaissais s'est élevé dans le couloir. Celui de Dominique. Je me suis tapie dans l'ombre.

Je l'ai vue se retourner vers son hôte en souriant, posant sur lui un regard rempli d'admiration qu'il ne pourrait jamais apercevoir, mais qu'il percevait sûrement quand même. Le cou de monsieur Lim s'est étiré dans l'embrasure de la porte et leurs bouches se sont rejointes pour un baiser. Dominique s'est ensuite éclipsée par la cage d'escalier adjacente, alors que monsieur Lim refermait la porte.

J'avais observé ce moment de tendresse en silence, me sentant privilégiée d'être témoin de cette déclaration d'amour entre deux personnes que j'aimais tant, de découvrir ce secret que je ne révélerais probablement jamais.

La Vénus de Milo

J'étais à deux semaines de mon retour à Montréal quand j'ai croisé son chemin. C'est toujours comme ça, les coups de foudre ; ça se fout des horaires et des circonstances.

Je l'ai rencontré au Louvre où il était guide. Évidemment, j'avais déjà un faible pour la culture, l'art et l'histoire. Le son de sa voix m'a tout de suite interpellée. Il racontait à son groupe l'histoire de la Vénus de Milo, «qui vient en fait de Milos, Milo étant l'ancienne appellation de cette île», lorsque j'ai pénétré dans cette grande pièce de marbre aux plafonds qui semblaient infinis. Sa voix portait loin, on pouvait déceler son sourire au travers. Elle était lumineuse aussi. Quand mes yeux l'ont repéré, ils ont été agréablement surpris. Il devait avoir une trentaine d'années. Il était très grand, dépassant tout le monde de deux têtes. Sa peau caramel trahissait ses origines plurielles. Couleur ébène, ses cheveux frisés allaient dans tous les sens dans un désordre sympathique. Ses dents étaient parfaitement blanches et un discret piercing au septum nasal brisait l'ordre établi. Il portait un tricot vert sapin plutôt chic : la couleur était riche et belle, le textile raffiné. Il avait non seulement du style, mais aussi beaucoup de goût.

Je me suis approchée, fascinée, incapable de détacher mon attention de cet homme et de ses explications.

— Fait intéressant, lors d'une restauration effectuée en 2010, on a retiré les bouchages en plâtre afin de nettoyer la surface de la statue ; c'est ainsi que les experts ont découvert un petit bout de papier, caché dans le plâtre sous le sein gauche. On pouvait y lire...

Il s'est interrompu lorsqu'il m'a remarquée. Il m'a regardée si directement que j'ai cru qu'il allait m'apostropher : « Madame, je me trompe ou vous n'avez pas payé pour la visite ? »

Mais non, rien.

J'ai fait mine d'observer l'œuvre derrière lui, même si ça me démangeait de revenir à son visage. Toutefois, j'étais démasquée et très gênée de constater (j'ai une excellente vue périphérique) qu'il me fixait toujours. Il a mis quelques secondes avant de reprendre sa phrase, assez pour que deux femmes se retournent, cherchant à découvrir ce qui avait bien pu capter son attention pour qu'il se taise de la sorte. C'était embarrassant.

— ... on pouvait y lire le nom d'un artisan ainsi que la date d'une restauration qui remontait à avril 1936, une restauration qui n'avait pas été documentée jusqu'alors[*].

Troublée d'être la cible de tant d'attention, j'ai fini par m'éloigner, mais quelques pas plus loin, j'ai flanché et je me suis retournée pour jeter un dernier coup d'œil dans sa direction. Il m'a regardée aussi, au même moment, mais cette fois il a réussi à continuer de parler en même temps. Je suis sortie de la salle, quittant son champ de vision et lui le mien.

Je me suis retenue pour ne pas revenir sur mes pas. J'ai dû me contenter de l'audioguide pour le reste de ma visite, une option beaucoup plus ennuyeuse, jusqu'à ce qu'il

---

[*] Jean-Luc Martinez, « Les secrets de la Vénus de Milo », *L'encyclopédie des collections*, Musée du Louvre [en ligne] www.louvre.fr/sites/default/files/medias/medias_fichiers/fichiers/pdf/louvre-les-secrets-venus-milo.pdf . Page consultée le 11 octobre 2016.

réapparaisse à côté de moi. Il n'était pas suivi de son groupe et il m'a adressé un sourire aussi charmant que son tricot vert foncé que j'avais envie de toucher tellement il semblait soyeux.

Je suis restée figée, étonnée de le revoir si vite. Il avait l'air satisfait de me retrouver.

— Salut!

— …

— On s'est croisés tout à l'heure, je crois.

— Oui.

Oui. C'est tout ce que j'ai réussi à articuler. J'avais l'air d'une belle idiote. Je n'avais plus de salive ni de vocabulaire. Il faisait aussi bien d'enchaîner, ce qu'il a exécuté rapidement.

— Je… je ne fais pas ça, normalement, pourchasser les filles dans le musée.

J'ai souri timidement, pour l'encourager et parce que j'ignorais quoi répondre.

— Tu m'as déconcentré tout à l'heure quand je t'ai aperçue.

Ouf. Que pouvais-je répliquer de pertinent? «Moi aussi»?

— Je te remercie d'avoir porté un imper rouge aujourd'hui, ça m'a bien aidé à te repérer!

Son humour et sa gêne se mélangeaient joliment, cette dernière trahie par la teinte corail foncé qui montait à ses joues.

— Ça me fait plaisir.

C'était vrai. Et j'aimais particulièrement ce trench rouge, qui était juste assez épais pour être réconfortant, mais pas trop non plus, me permettant de le garder à l'intérieur au besoin.

Il a ri, probablement amusé par mon manque flagrant de verve. Puis il a plongé:

— Ça te dirait d'aller boire un café? Je finis dans une heure.

— Oui. OK.

— Cool.

— Cool.

Avant de redire cool une troisième fois, on a établi qu'on se retrouverait à la sortie. Il m'a précisé laquelle – «parce qu'il y en a probablement 25!». J'ai poursuivi ma visite du musée sans guide ni audioguide, avec juste mes écouteurs, le iPod de papa et les papillons qui dansaient dans mon ventre.

Et je ne connaissais même pas son prénom.

Romain

Je l'ai su une heure plus tard, quand il est apparu, presque pas en retard.

— Désolé, la période de questions ne finissait plus, un truc de ouf! Mais bon, ça va, je suis là. Et toi, ç'a été?

— Oui!

Je n'avais pratiquement rien regardé, juste flâné pour chercher la boutique de cadeaux où j'avais acheté un cahier de notes et des menthes trop chères.

— Moi, c'est Romain, en passant.

— Raphaëlle. Ça me fait plaisir.

— Rholala, il est charmant, ton petit accent! Tu viens d'où, alors?

— De loin.

Il a accepté ma réponse, même si je lui ai expliqué plus tard que la petite nomade que j'étais venait du pays du sirop d'érable (et des igloos, dans sa tête, mais j'ai vite réajusté le tir).

Je n'ai jamais été particulièrement superstitieuse, mais il me semblait que notre rencontre devant la représentation d'Aphrodite, déesse de l'amour et de la sexualité, était un signe. Même lui y croyait. Il y avait là matière à s'inventer des histoires… et c'est ce qu'on a fait sur la terrasse d'un joli bistro du 3ᵉ arrondissement, en partageant une planche de charcuterie et une carafe de rosé au soleil.

Il m'a raconté sa jeunesse à l'île de La Réunion, ses études universitaires à Paris, son métier d'historien de l'art qui le passionnait, son envie de voyages et de liberté. Si j'avais pu suspendre le temps, je l'aurais fait volontiers, pour le découvrir davantage encore, m'imprégner de son odeur et de son regard noir brillant, admirer sa peau café au lait. Mais le temps filait comme un voleur et la sonnerie de son téléphone a fait éclater notre bulle.

— Ah, merde, il faut que je me sauve. Je dîne avec ma mère ce soir.

Il avait l'air désolé de partir. Je me suis aperçue tout à coup qu'on avait oublié le café pour passer directement au vin ; j'avais donc gagné au change.

— Laisse, je m'en occupe, a-t-il tranché quand j'ai sorti mon portefeuille.

Sa galanterie me charmait aussi.

Après avoir payé, il m'a proposé de marcher un peu avec moi. On était à 10 minutes du musée, et on est revenus sur nos pas. En s'arrêtant à côté de son scooter rouge, il s'est penché pour m'embrasser. Ses lèvres douces ont laissé des promesses sur les miennes. Il est reparti sur sa monture, tout comme Laurent le faisait, jadis. Mais Romain était plus beau que lui. Cette fois, c'était vrai, il ne me manquait plus.

Bleu de Sèvres

On s'est revus le lendemain pour un 5 à 7 coincé entre la fin de son quart de travail et l'anniversaire de son meilleur ami. Romain était si beau! Il avait enfilé un veston bleu de Sèvres par-dessus un t-shirt cintré, un pantalon style soccer couleur terre de Sienne ajusté dans le bas, et des espadrilles noires et blanches. Il avait tellement de style, j'aimais son audace, son originalité, sa façon d'assumer ses goûts. J'en ai parlé à Chanterelle lors d'un appel FaceTime, et elle a ri de moi:

— T'es sûre qu'il est pas gai?

— Mais non.

— T'es prudente pareil, hein?

— Mais si!

— T'es tellement rendue française... a-t-elle soufflé, exaspérée. Dis-tu " relou " pis des affaires de même?

— Non, Loulou, t'inquiète pas.

— Tes "a" sont pas mal plus pointus qu'avant. Watch-toi.

— Je me watch! Hey, vas-tu vouloir que je te ramène du thé, des baguettes chinoises, quelque chose?

— Coudonc, vis-tu dans le quartier chinois?

— Non, mais les fromages, ça se traîne moins bien.

— Je ne dis pas non aux baguettes, dans ce cas-là. Mais du vin aussi, ça se transporte très bien, tu...

— OK, bye!

J'ai raccroché en pensant à lui.

Hasard ou pas, il m'a appelée le soir même.

L'éleveuse de papillons

Deux jours plus tard, il avait enfin une soirée libre et il a proposé de m'emmener «dîner». Je devais le rejoindre au musée parce que c'était plus simple et que c'était pas très loin de chez moi. J'avais bien travaillé le matin, mais je m'étais arrêtée tôt pour aller faire quelques courses. (Bon, d'accord, la fébrilité rendait mon coup de pinceau maladroit et je comptais bien me dénicher une robe digne d'un rendez-vous avec lui.)

En partant, j'ai laissé les portes françaises ouvertes pour aérer un peu le studio. J'avais beau être habituée aux odeurs fortes de l'huile, je voulais quand même aider mon cerveau en lui accordant un minimum d'oxygène. J'ai acheté une jolie robe noire au BHV, rue de Rivoli. Simple, féminine, juste assez longue pour être confortable, juste assez courte pour être sexy. Ça allait déjà mieux. À mon appartement, le temps avait fait son œuvre: après deux heures d'air aussi pur que ce que Paris pouvait offrir, les effluves d'huile étaient moins présents.

Un petit papillon jaune était entré durant la journée. Sa vue m'a fait sourire. J'ai bien essayé de le chasser par tous les moyens, mais il voletait au plafond, et je ne voulais pas lui casser les ailes avec mon écharpe en tentant de le pousser dehors. Voyant l'heure filer, j'ai finalement abandonné le projet de lui rendre sa liberté, et j'ai refermé les volets pour récupérer un peu de fraîcheur en me préparant pour mon rendez-vous.

J'ai remonté mes cheveux en un chignon lâche, appliqué du mascara carbone sur mes cils. J'ai ajouté une touche de fard à joues pêche irisée sur mes pommettes, puis un fard en crème taupe sur mes paupières, à l'aide d'un pinceau plus doux que tous ceux que j'utilisais sur mes toiles. Je ne me maquillais pas souvent, mais au moins je savais manier les pinceaux, ce qui avait quelques avantages, notamment quand venait le moment de dessiner le trait d'eye-liner avec lequel j'ai terminé, avant d'enfiler mes bottillons et de dévaler en courant les escaliers qui me séparaient de la rue.

À mon arrivée, il m'a embrassée aussi fougueusement que deux jours plus tôt, reprenant ses promesses où il les avait laissées. J'avais déjà chaud et je n'avais faim que de lui. Le souper serait long... Je devais maintenant monter derrière lui sur son scooter. Quelle brillante idée d'avoir acheté une robe!

Après le repas dans son restaurant favori de Montmartre – un secret bien gardé, loin de l'itinéraire des touristes –, il a insisté pour me raccompagner chez moi. Il voulait absolument voir mes œuvres. Mon logement était petit et je n'avais qu'un lit simple, ce qui n'était pas l'idéal dans l'optique de rapprochements potentiels, mais c'était mieux que rien...

En entrant, il a allumé toutes les lumières pour bien regarder mon travail. Il est resté plutôt silencieux, puis il m'a posé une ou deux questions sur mes techniques. Déformation professionnelle, j'imagine. Je lui ai répondu en quelques mots.

— C'est super. J'adore.

— Vraiment?

— Mais si, attends! C'est très bon, a-t-il tranché en me prenant dans ses bras, avant de me rassurer d'un baiser sur la tempe. Tu m'en laisseras une avant de partir?

— Non!

Il était déjà prévu que je rapporte toutes mes toiles avec moi à Montréal. J'organiserais une exposition autour des fruits de ce projet qui avait germé dans la tête de mon amie. Elle avait de la vision, ma Loulou. Penser à elle m'a fait sourire.

— Allez !

— Tu le mérites pas.

— Je le mérite pô ? a-t-il répété en parodiant mon accent.

— Exactement.

— Je dois faire quoi, alors ? a-t-il demandé en approchant ses lèvres à quelques millimètres des miennes.

— Je ne sais pas.

— Laisse-moi essayer...

Le baiser qui a suivi m'a propulsée dans un autre monde. Il m'a soulevée comme si je pesais une plume et m'a posée délicatement sur le lit. Il n'a fait aucun commentaire sur la taille de celui-ci et je l'ai remercié dans ma tête, avant de me laisser envahir par mon désir pour lui. Sa peau noisette était soyeuse et sucrée, son corps se moulait au mien comme un masque fabriqué sur mesure, jusqu'à ce qu'il me fasse jouir sans que j'aie le moindre égard pour Dominique, André ou tous les autres voisins qui dormaient autour de nous.

Quand il a eu fini d'aspirer les dernières parcelles de mon énergie, j'ai repris mon souffle et on s'est pressés l'un contre l'autre en fixant le plafond. Et le papillon est passé devant nous.

— Tu élèves des papillons ? a-t-il blagué dans le creux de mon oreille.

— Non... il est entré plus tôt cet après-midi, mais il n'a plus voulu ressortir.

— Ne le chasse pas ! J'aime bien les papillons. Regarde ! C'est le symbole de notre amour qui vole au-dessus de nous, a-t-il déclaré, du miel dans la voix.

Cette comparaison m'a fait penser à papa. À ses yeux rieurs quand il m'appelait Butterfly.

— Tiens, je te fais des bisous papillon, a-t-il blagué en battant des cils sur ma joue.

Et si c'était une pensée que papa m'envoyait d'en haut? Un coucou de l'au-delà?

J'ai embrassé Romain, et me suis lovée contre lui. Mon petit soleil de minuit.

Tout

Il avait une façon chic de parler. Sa manière de dire «si, si» au lieu de «oui» me faisait vibrer, comme quand il me lançait un «tu me fais trop kiffer» bien senti. Comme si quelque chose venait de lui sauter aux yeux, et cela plusieurs fois chaque jour. Qu'il se surprenne à tomber amoureux de moi et qu'il m'en fasse part me plongeait dans une ivresse légère, indescriptible. J'étais bien dans ses bras, dans ses yeux, entre ses mains.

Depuis quatre jours, on avait la même routine. Après m'être baladée tout l'après-midi dans la ville, je le rejoignais au Louvre à la fin de sa journée de travail. Un baiser échangé rue de Rivoli, puis il me tendait un casque et je grimpais derrière lui sur son scooter. Voir la ville de ce point de vue avait quelque chose d'enivrant. On s'arrêtait pour boire un coup, se parler et se regarder encore.

Il me faisait du bien. Son regard pétillant quand je souriais. Je goûtais au plaisir que quelqu'un s'attarde sur mon corps de nouveau. Au bonheur de partager des frissons à deux. J'en profitais, même si on vivait notre relation en accéléré, sachant que chaque nuit d'amour nous rapprochait de mon départ. Soudain, je redoutais la fin de cette aventure française. Lui l'a précipitée.

Chèvre aux figues

Un bref message est apparu au milieu de l'après-midi sur mon téléphone. Comme si on enfonçait un petit poignard dans mon cœur.

Raphaëlle, on ne pourra pas se voir ce soir. Ni demain... Pour être franc, l'idée de te dire adieu est horrible, c'est trop dur, je ne peux pas. Ça me saoule que tu repartes. Ce qu'on a partagé ensemble était génial et je vais tenter de ne garder que ces souvenirs positifs. Ça me déchire, mais je suis certain que tu comprends... xxx

Un appel laissé sans réponse. Deux appels laissés sans réponse. Pourquoi ne répondait-il pas ? La douleur m'a prise au ventre. La peine qui n'était prévue que dans trois jours m'assaillait avant le temps. Il nous restait encore trois jours ! Soixante-douze heures ! Au moins six orgasmes, mille baisers. Merde, il était où ?

Je tournais en rond dans mon studio, comme en punition, en attente d'une suite, d'une nouvelle, d'un rebondissement. Or, il n'y avait que le silence et ma douleur. Ce pincement dans la poitrine qui ne ment pas. J'étais devenue douée pour les au revoir, mais fallait-il encore que je les fasse. Je détestais cette impression d'inachevé.

Pour me changer les idées et nourrir mon corps qui ne pouvait vraisemblablement pas se contenter d'amour et d'eau fraîche, je me suis rendue au Franprix du coin. En marchant dans la rue, que je trouvais laide tout à coup, je me suis remémoré ce que papa disait toujours : « Les gestes comptent plus que les paroles, qui elles partent au vent. » Mais son amour, notre amour, même en accéléré, même pas viable, il existait, non ? Il n'avait pas été que des paroles au vent ! Romain m'avait regardée, touchée. Aimée aussi. J'essayais de me convaincre que notre histoire était réelle, malgré sa conclusion inattendue qui me faisait douter de tout.

Je suis rentrée chez moi où j'ai engouffré des billes de fromage de chèvre au miel et aux figues avec une demi-baguette de pain. « Ça fera l'affaire pour le souper », me suis-je dit en constatant que je n'avais pas vraiment faim.

Avant de me mettre à pleurer ou à hyperventiler, et parce que j'avais une crampe dans le pouce à force d'ouvrir mon téléphone dans l'espoir de découvrir un autre signe de vie de sa part, j'ai fait un appel vidéo à la seule personne qui pouvait me faire du bien.

Chanterelle m'a répondu avec de la peinture sur le nez, manipulant maladroitement son cellulaire avec ses doigts les moins sales. Après m'avoir fait patienter quelques secondes, elle est revenue les mains propres, le nez toujours coloré d'une tache de blanc.

— Salut ! Ça va ?

— Si tu mangeais le meilleur dessert de ta vie pendant, genre, une semaine et demie, et qu'on te disait ensuite que tu ne pourras plus jamais en reprendre, sauf peut-être une toute dernière portion, maintenant. Tu dirais oui ou non ?

— Hmm. Je dirais oui. Tant qu'à ne plus jamais en ravoir de toute façon…

— Ben, c'est ça! ai-je lancé, outrée. Moi aussi! Mais Romain est pas d'accord, lui, ça a l'air!

— …

— Môssieur considère que me dire adieu serait trop horrible.

— On ne peut qu'être d'accord…

— Et qu'il vaut mieux ne pas se dire au revoir pour éviter les déchirements, ce qui inclut la baise d'adieu, je tiens à le préciser.

— On ne peut que s'opposer!

— C'est ça que je me dis! Mais comment je lui dis ça, sans avoir l'air d'une maudite folle, mettons?

— Je crois qu'il dirait plutôt une "putain de folle".

— *Whatever!*

— C'est cool, tu retrouves ton accent!

— J'appelais pour de l'écoute et de la compassion, merci.

— Je ne sais pas, ma poule… Essaie d'entendre son point de vue, mais de bien lui expliquer pourquoi tu tiens tant à faire les choses autrement, peut-être?

— Il ne répond plus à son téléphone…

Après que je lui aie raconté les derniers événements, Chanterelle s'est rangée derrière moi, le traitant de «grosse moumoune» et d'«imbécile retardé», pour ne citer que les qualificatifs les plus polis. Je n'étais pas complètement d'accord parce que j'avais encore de l'espoir, mais ça me faisait du bien qu'elle prenne ma défense. Malgré son soutien d'outre-mer, je n'ai rien trouvé à écrire à Romain. Plus j'y pensais, plus ce qui me venait en tête était des insultes innommables. Je me suis retenue, par respect pour lui.

Pour me «dépomper», j'ai saccagé ma grande tablette à dessin aux pastels. De grands gestes. Des esquisses brutes, rapides, presque animales. À chaque «œuvre», je me disais:

«Tiens, c'est elle que je vais te laisser!» Puis je la déchirais pour qu'il ne reste rien de moi si, repentant, il revenait sur ses pas.

C'est vrai qu'un coup de foudre comme le nôtre, ça ne survit peut-être pas aux rafales ou aux tempêtes. Ni à l'océan. Mais ça vaut tout de même la peine d'être vécu jusqu'au bout.

Je sais que les histoires finissent toujours par finir. La vie aussi finit toujours par finir! Mais on en profite jusqu'au bout pareil, on ne se retire pas avant le temps.

À bout de souffle, je me suis arrêtée. J'ai rangé mon matériel, nettoyé ma table de travail. Puis, résignés, mes doigts ont tapé quelques mots sur le clavier de mon téléphone:

«Je comprends. Au revoir, Romain.»

Avec un point. Il en fallait un.

J'ai avalé ce qu'il me restait de baguette, et je suis sortie pour prendre une bouffée de Paris.

À voile

Le lendemain, j'ai commencé tôt à noyer ma déception dans le vin rouge acheté chez Nicolas. Installée sur la petite terrasse de l'immeuble, je tentais de chasser son visage de mes pensées, une lampée de Bordeaux à la fois. Ce n'était pas très efficace. Je m'imaginais des scénarios comme celui où je me voyais courir le rejoindre au travail, le pourchasser dans tout le musée, le confronter devant son groupe. Il craquait, me disait qu'il était amoureux et n'arrivait pas à se résigner à me laisser partir. On s'embrassait et la foule applaudissait, c'était le triomphe de l'amour.

Comme ce n'était pas très réaliste, je me suis servi un autre verre.

Dominique a surgi à ce moment-là, s'installant en face de moi pour manger son lunch.

— Magnifique journée, n'est-ce pas ?

— Effectivement... je t'en offre ?

— Je ne dis pas non.

Après être retournée à son atelier pour prendre un verre, elle a entamé sa baguette poulet crudités. Je n'avais pas faim, mon vin me suffisait.

— Je sais que beaucoup de peintres ont réalisé des chefs-d'œuvre en buvant du vin et du whisky. N'empêche, ça fait un coup de pinceau bien plus lourd, a-t-elle énoncé sans jugement.

— Je ne peindrai pas aujourd'hui. Pas la force.

— Je vois.

Silencieuse, elle a poursuivi son repas, l'accompagnant d'une gorgée de vin de temps à autre. Elle dégageait de la force et de la douceur à la fois. Sereine et belle.

— Pas envie de repartir?

— Il paraît que les peines d'amour sont multipliées par 10 dans les aéroports.

— Hmm, hmm.

Dominique m'a regardée attentivement, analysant peut-être ce que mon visage révélait de l'histoire que je n'avais pas envie de raconter. Parce que c'était une histoire qui finissait mal. On ne les raconte pas, celles-là.

— Le vin ne suffit peut-être pas, alors. Digestif?

— Je ne dis pas non.

Elle est repartie pour revenir presque aussitôt avec une bouteille de Calvados et deux verres à shooter. J'ai fini par lui résumer les grandes lignes, en commençant par Laurent, Shawn, les bas-fonds que j'avais touchés avec Andrew, puis l'aller simple vers le ciel avec Romain.

— Je crois que je n'aurai plus la force de m'attacher ou de tomber en amour, ai-je conclu avant d'avaler une rasade d'eau-de-vie.

Elle a souri. Ils ne disent pas ça, les Français, «tomber en amour», mais aujourd'hui, je n'avais pas envie de faire attention.

— Tu vas réussir. Recharge tes piles, idéalement pas à l'alcool, et recommence.

— Peut-être que je suis à voile, et le problème quand tu fricotes avec le vent, c'est que la tempête n'est jamais loin. Et elle menace de tout emporter.

— Jolie image.

— Merci.

Elle m'a souri avec tendresse. Elle semblait compréhensive, mais surtout amusée par ma jeunesse et mes «plus jamais» qu'elle avait sûrement déjà prononcés, puis oubliés.

Nos idées bien arrêtées s'assouplissent peut-être avec le temps...

— Aime avec ton cœur grand ouvert, comme s'il n'avait jamais été blessé. Ce sera ta plus grande force, et le cadeau le plus précieux que tu puisses t'offrir. Aimer sans compter, sans attendre est la plus belle façon d'aimer, et surtout la moins décevante!

La vie avait creusé des sillages près de ses yeux gris rieurs. Elle ne se moquait pas de moi. Elle m'enseignait la sagesse, comme l'aurait peut-être fait ma mère si j'en avais eu une. J'étais émue par cette idée, et sans pouvoir me contrôler, je me suis mise à pleurer.

J'ai écouté attentivement ses conseils, et j'ai tâché de les suivre le mieux possible, de rester positive en me rappelant que j'avais été chanceuse de vivre cette histoire-là, même si elle avait été brève.

L'amour, ça ne se prévoit pas.

Et c'est aussi pour ça que c'est beau.

Les miettes

Dominique m'a aidée à comprendre beaucoup de choses, et j'observais désormais la réalité avec une nouvelle perspective. J'étais plus heureuse.

Un coup de foudre de l'autre côté de l'océan, ça aura été une belle idylle. À vivre et à raconter. Sans le savoir, je l'avais peut-être un peu mise en scène. Je voulais vivre une histoire belle, intense et renversante, puis rentrer chez moi en me drapant de ces souvenirs exaltants. Mais au fond, j'avais peut-être juste besoin d'un peu de folie pour me divertir de ma solitude, qui, pourtant, me convenait la plupart du temps.

J'ai refermé mes bagages, dit adieu à mon studio, à André, à monsieur Lim, et finalement à Dominique, lui promettant d'aller la visiter chez elle, un jour. J'ai bu un dernier allongé au bistro du coin de la rue, en embrassant la Seine des yeux, une fois encore.

Le taxi qui m'a menée à l'aéroport m'a permis de croquer quelques paysages supplémentaires, que j'ai classés dans ma tête comme des cartes postales, à ressortir plus tard.

En ouvrant mon sac à dos, assise à l'EXKi après mon passage aux douanes, j'ai découvert une lettre.

Ma chère Raphaëlle,
Bon voyage. Les aéroports multiplient les peines d'amour par 10 ? J'ai entendu dire que les lettres d'amis les divisaient

par 100. Si tu émiettes ce qui reste sur la route, il ne devrait plus demeurer grand-chose à ton retour chez toi.

S'il te plaît, ne considère pas les cicatrices des relations anté- rieures comme des avertissements d'un danger potentiel. Considère plutôt que malgré les blessures, le cœur pompe toujours et les mains peuvent encore trembler d'excitation devant une nouvelle histoire qui bourgeonne.

Je sais, je me répète! Mais je te souhaite l'amour, à donner et à recevoir, ainsi que la légèreté du vent, pour ta tête et pour ton cœur, qui, promesse d'une vieille routière, ne resteront jamais lourds bien longtemps.

Amitiés,

Dominique

P.S. Trois parts de bleu de cobalt, une part de bleu turquoise phtalo, une goutte de bleu de Prusse et du blanc, juste assez. xxx

Cette fois, je n'ai pas pleuré. J'ai souri toute seule, émue, puis j'ai rangé cette précieuse lettre dans un livre, et j'ai commencé à émietter les souvenirs.

Montréal

L'atterrissage a été difficile, beaucoup de turbulences nous ont secoués à la fin du vol. À l'arrivée, j'étais un peu étourdie, mais ça allait.

L'air frais de l'aéroport me redonnait des forces. Les passagers s'éparpillaient sur le tapis roulant, dans les escaliers, puis dans l'immense file d'attente aux douanes. Les résidents du Canada étaient épargnés avec une queue considérablement plus courte. Soulagement.

Il ne restait que les bagages à récupérer avant de pouvoir passer les portes. Là où toutes les familles attendent. Les amis aussi, et les amoureux en pleurs qui se retrouvent après des jours, des semaines, peut-être des mois d'ennui.

Je voyais défiler des dizaines de valises sur le carrousel, plusieurs d'entre elles trouvaient preneur parmi les passagers du même vol que moi, mais toujours aucun signe de la mienne. Il y avait bien cette valise orange de cadmium ayant la bonne teinte, mais la mauvaise étiquette, qui me narguait. Elle tournait en rond et repassait toutes les trois minutes (j'avais chronométré) me donnant de l'espoir chaque fois, en vain. Ce n'était pas grave. Je prenais mon temps, personne ne m'attendait, de toute façon. Ce constat était à la fois épeurant et rassurant : j'avais l'impression que j'aurais accès à une liberté nouvelle. Au fond, je ne risquais pas de décevoir quelqu'un qui tenait à moi, j'avais le champ libre pour ne répondre qu'à mes propres envies. J'aimais l'idée. Presque autant que les macarons Ladurée, un peu écrasés, qu'il me restait dans mon sac de voyage. Je les ai sortis pour les déguster. Avec presque plus de Romain dans mes pensées.

Quand j'ai franchi les portes, j'ai entendu un cri strident venir de la foule. Un petit soleil aux cheveux peroxydés sautait sur place, brandissant un carton rose avec mon nom écrit dessus. Chanterelle.

Un peu sonnée par le décalage horaire et embarrassée par toute cette attention (il allait de soi que tout le monde avait regardé dans sa direction, puis dans la mienne après le fameux cri), je me suis avancée en souriant vers ma meilleure amie.

— T'en a mis du temps! J'ai cru que tu ne sortirais jamais! a-t-elle lâché en me flanquant un bouquet de fleurs artificiellement colorées dans les mains avant de me prendre en photo. Je me suis dit que ça te gênerait, pis que ce serait drôle! a-t-elle ajouté. Sont laides, hein?

— En effet.

— Je suis tellement heureuse de te revoir!

— Moi aussi! Mais qu'est-ce que tu fais là? Tu ne devais pas être à New York?

— Un pieux mensonge. Je voulais te faire la surprise! Il n'était pas question que je laisse ma meilleure amie que j'ai pas vue depuis six mois rentrer en taxi. Pas en pleine peine d'amour, en plus! S'cuse, tu n'y pensais peut-être plus... Il te manque des choses? Où sont tes toiles?

Chanterelle parlait vite, intense et exubérante comme toujours. Elle n'avait pas changé. Moi, un petit peu. Mais c'était pour le mieux.

— Je les ai envoyées par bateau, c'était moins cher. Je les recevrai sûrement dans deux mois, mais c'est correct.

— T'as faim?

— Un peu, ai-je avoué en y réfléchissant. En fait, tu sais de quoi j'aurais envie?

— Hmm?

— Du St-Hubert.

— Quoi, ils n'en ont pas là-bas? Ils ont vraiment rien compris!

— C'est ce que je me suis dit tout le long.

— T'as l'air bien, a-t-elle conclu en me souriant.

J'ai passé mon bras par-dessus son épaule pour marcher jusqu'à sa voiture.

J'allais bien, oui.

Mon gars

Après avoir englouti un quart de poulet cuisse chacune, Chanterelle m'a laissée chez Mathilde et Martin, qui avaient eu la gentillesse d'entreposer Bertha pour toute la durée de mon séjour parisien. On l'avait stationnée dans la cour arrière de leur maison en banlieue de Montréal, celle qui voyait grandir leurs deux chérubins. Ils possédaient une immense cour et ils m'avaient assuré que ça ne les embêtait pas d'avoir une grosse roche bourgogne dans le paysage pendant six mois. Je leur avais rapporté des herbes de Provence et des huiles fines pour les remercier. J'avais de la chance. Enfin, c'était ce que je me disais jusqu'à ce que j'essaie de la faire démarrer. Après avoir toussoté durant 10 minutes, elle a quand même fini par reprendre vie. Sur l'autoroute, je suis restée dans la voie de droite pendant tout le trajet, dans l'appréhension que Bertha tombe en panne, mais j'ai réussi à me rendre jusque chez Emilio. Alléluia!

Il a presque pleuré en me voyant. Il ne l'a pas dit, mais je lui avais manqué. Évidemment, il s'ennuyait de papa aussi. Nous revoir nous donnait l'impression de nous réapproprier des petits bouts de lui, de combler les trous qu'il avait laissés dans notre casse-tête personnel. C'était bon de se retrouver. Je l'ai lu dans ses yeux embrumés, puis je l'ai senti dans son étreinte qui s'est étirée. Après s'être raconté nos vies, au-dessus d'un café filtre servi dans les gobelets de styromousse de son bureau, il s'est penché sur le cas de Bertha. Il a fait quelques tests et le verdict est tombé :

— Je vais t'envoyer voir mon gars, moi je peux rien faire.

— Ah, *come on!* T'es sérieux? Je veux que ce soit toi qui t'en occupes!

— *Dulce*, c'est même pas une année 2000, tu me prends pour un magicien? Ça va pas…

Il me regardait, l'air désolé, mais semblait certain de ce qu'il avançait. Je devais me rendre à l'évidence; la vieille fourgonnette de mon père ne tenait plus la route. Elle lui avait survécu deux bonnes années, ce qui était déjà beaucoup.

— Tu es sûr?

— Je peux plus rien faire, *bella*, j'ai pas ce qu'il faut, même si j'adorais ton *padre*… Ce modèle se fait plus. Va voir Jonathan, c'est un pro.

— OK… Merci, Emilio.

Il a noté l'adresse et le numéro de téléphone du garage où il m'envoyait. Jonathan était un ancien collègue à lui, qui avait déménagé en dehors de la ville pour changer d'air. Je pouvais comprendre la démarche… J'ai serré Emilio dans mes bras comme si je disais au revoir à mon père. En remontant dans mon tacot, je l'ai salué une deuxième fois, puis j'ai sangloté, juste après avoir tourné au coin. J'ai dû m'arrêter dans une station-service pour pleurer un grand coup. Je suis finalement entrée dans le dépanneur, d'abord pour justifier ma présence dans le stationnement, et pour me ravitailler. Pleurer, ça déshydrate. Je me suis pris un Gatorade, parce que je méritais bien un peu de sucre et de sel pour me reconstruire. J'en ai choisi un bleu, la couleur préférée de papa.

Autoroute

En rentrant chez moi ce soir-là, mon attention a été attirée par un grand panneau d'affichage. C'était la publicité d'un nouveau parfum pour homme de Calvin Klein. En noir et blanc, torse nu, j'ai reconnu le modèle au visage familier. Je me suis rappelé combien il était beau. Et narcissique. Mais qu'on avait quand même passé du bon temps. J'ai souri en pensant que je pouvais attester que ses abdominaux n'étaient pas retouchés. Je me suis remémoré ses lèvres sur ma peau et, gonflée d'une confiance nouvelle, j'ai enfoncé l'accélérateur.

Le spécialiste

J'ai dû rouler plus d'une heure pour me rendre au garage de ce « spécialiste » dans ma vieille réguine. Elle n'était plus habituée à de si longs trajets et j'ai eu peur qu'elle ne me lâche en route, même si Emilio m'avait assuré qu'elle tiendrait le coup. Il avait raison. Elle en avait encore dedans, ma vieille Bertha.

Au garage en question, plusieurs voitures attendaient sur le terrain, mais je n'ai vu personne à l'intérieur. La porte de la réception n'était pourtant pas verrouillée, et une enseigne écrite à la main indiquait que c'était ouvert. Je suis ressortie et j'ai scruté le champ en face ; qui sait, le garagiste était peut-être fermier dans ses temps libres ? Mais aucune tête ne dépassait des plants de maïs.

J'ai attendu cinq minutes, puis dix, debout, en kickant des petites roches dans l'allée de terre... Un garage avec une entrée en terre, vraiment ?

Un homme a fini par apparaître, émergeant de la maison d'à côté.

— Bonjour ! Excusez-moi... Ça fait longtemps que vous êtes là ?

— Non... oui... Dix minutes, peut-être. C'est Emilio qui m'envoie.

— Emilio ! Comment va-t-il ? Fallait venir frapper ! On dînait. Mon voisin m'a donné des nouvelles tomates. Sont bonnes à ce temps-ci de l'année !

Le «gars» d'Emilio avait l'air sans âge. Une barbe blonde, des cheveux aux mêmes reflets, cachés dans une casquette bleu céruléum assortie à une chemise dans les mêmes tons, à quelques exceptions près, là où l'huile ou la saleté avaient laissé des traces. Il s'est avancé vers moi.

— Qu'est-ce que je peux faire pour vous?

— Tout. Je suis surprise d'avoir pu rouler jusqu'ici...

— Ah oui? On va regarder ça.

J'ai fait quelques pas vers Bertha, dont la couleur, avec les années, avait elle aussi été altérée. Le soleil, sans doute. La neige et le sel...

— Oh! Je vois, dit-il en s'appuyant sur le pare-chocs pour observer le bas du véhicule, légèrement grugé par la rouille. C'est une quelle année, 96?

— 95.

— Je vois, je vois...

Coudonc, il en voyait ben des affaires!

— Vous voulez quoi? Changer le moteur? Les freins?

— Tout ce qu'il faut... C'est un boulet, mais j'ai un attachement sentimental à cette minivan.

— Ça va, les attachements sentimentaux, c'est ma spécialité!

— D'accord...

J'étais gênée. Je n'avais pas tellement envie de lui révéler que moi, j'étais nulle là-dedans. Il a reformulé sans voir mon malaise.

— ... faire du neuf avec du vieux, je veux dire!

— C'est ce que le chirurgien de ma mère lui disait toujours.

— Ha, ha, ha! J'adore.

Il m'a souri. À l'aide d'une planche roulante, il s'est glissé sous Bertha, pour en ressortir presque aussitôt. Il a ensuite ouvert le capot afin d'«évaluer les dégâts». J'aurais eu besoin de quelqu'un comme lui pour voir clair en moi et remettre à neuf ce qui clochait après tous mes accidents d'amour.

C'était ce que j'attendais, en quelque sorte, une personne qui n'ait pas peur de rapiécer des affaires et de réparer des mécanismes complexes. Depuis que ce gars-qui-n'avait-pas-d'âge était sorti de la vieille maison en bois, j'avais ce chatouillement dans le plexus qui ne mentait pas. C'était quoi l'idée de flasher sur un campagnard qui tripe sur les légumes frais?

— Ben oui, y a encore une couple de bonnes affaires après ça. Ça se r'nippe!

— Tu penses?

— J'ai pas peur des défis, madame... Jonathan, en passant.

— Raphaëlle. Arrête-moi le madame, je t'en prie, on doit avoir le même âge.

Malgré mon dernier commentaire rempli d'assurance, l'absence de pattes d'oie près de ses yeux m'en disait long, tout à coup, sur son millésime, et me complexait davantage.

— Ça fait combien de temps que tu fais ça?

— Assez pour pouvoir gérer votre aubergine, madame.

— Mon aubergine? Ne m'appelle pas madame, je t'en supplie.

— Ta minivan est mauve. Je crois que le terme aubergine s'applique. Pis comme je te l'ai dit, elle n'est pas irrécupérable!

Il s'était soudain mis à me tutoyer, ce que j'appréciais.

— Tu trouves qu'elle est mauve?

— Ben, elle a plus de bleu que de rouge dedans. Si c'est pas mauve, c'est quoi? Betterave? On ne jouera pas sur les mots...

Non. Mais le fait qu'il parle ainsi des couleurs me rendait particulièrement heureuse. On s'accroche à ce qu'on peut, quand on cherche à voir des signes.

— T'as raison. À ce sujet, j'aurais peut-être aimé refaire la peinture. C'est dans tes cordes ?

— Si c'est dans ton budget, je connais un gars qui fait ça. Mais c'est...

Je l'ai interrompu :

— Oui. C'est dans mon budget.

— Je peux m'en occuper, alors, a-t-il confirmé d'un air amusé.

Avait-il capté mon intérêt pour lui ? Ou rigolait-il seulement de ma détermination à garder mon tacot ?

— Autre chose ?

Oui... Ça te dirait d'aller prendre un verre ?

— Heu, non, je crois que c'est tout. Je te laisse mes coordonnées ? Tu m'appelles quand c'est prêt ?

— Oui, et je te prête une auto d'ici là. À moins que tu sois à distance de marche de...

Il a regardé autour de lui et a éclaté de rire, constatant soudain sa bêtise.

— Probablement pas, hein ?... Désolé. La grise, là, ça te va ?

Tous les chemins mènent à Berthier

J'ai roulé toute la semaine en Honda Civic. Une 2010. Jamais je n'avais conduit une voiture si récente. Son gris clair métallique réfléchissait la lumière, c'était joli, mais aveuglant, en conduisant les journées de plein soleil. J'enfilais des verres fumés. Ça faisait drôle de ne pas être en minivan.

À la fin de la semaine, il faisait un soleil de plomb. Après le printemps timide que le Québec avait connu, je me comptais chanceuse. J'ai roulé les fenêtres baissées, Jimi Hendrix dans les oreilles. Ça me rappelait papa et la dernière année du secondaire, les fois où on roulait une heure pour aller manger des patates frites près du fleuve. On mettait un album dans le lecteur CD de la voiture et on l'écoutait en entier. Une habitude qui se perd.

J'ai remonté les fenêtres en arrivant près du chemin de terre qui menait au garage. Système électrique. Trop facile.

En descendant de la voiture, je suis tombée sur un petit bonhomme blondinet, haut comme neuf pommes. Il portait une casquette Angry Bird un peu trop grande pour lui, mais on apercevait tout de même ses yeux en amande, son nez légèrement retroussé, son sourire grand comme un quartier d'orange.

— Papa! La belle madame est là!

Je n'ai pu retenir un sourire, baissant les yeux pour éviter qu'ils trahissent mon plaisir. Jonathan est sorti de sous une vieille Coccinelle jaune dans le garage. Il m'a saluée de loin en empoignant un chiffon. Il a disparu, j'ai entendu de l'eau couler, puis il est revenu. À défaut d'être vraiment propres, ses grandes mains tachées d'huile étaient sèches. Sa chemise, du même bleu que la fois précédente, était maintenant nouée à sa taille par-dessus un vieux t-shirt délavé des Giants, laissant deviner les muscles que son travail quotidien avait dû lui sculpter.

— Il était dans la maison la dernière fois que tu es venue… Il t'a trouvée TRÈS jolie, hein, Mathis?

— Toi aussi! Tu l'as dit.

Les deux garçons se relançaient la patate chaude du compliment, c'était craquant. Jonathan a abdiqué, haussant les épaules:

— C'est vrai, a-t-il avoué. Je l'ai dit.

La petite tête blonde a basculé vers l'arrière en laissant échapper un rire espiègle.

— Bon, tu me laisses travailler, maintenant? Va donc nous chercher de la limonade. Tu en veux? m'a-t-il demandé. Allez, trois verres, a-t-il tranché avant même d'avoir ma réponse.

— J'y vais!

Mathis s'est élancé vers la maison en courant, très motivé par la mission dont il avait été investi.

— Wow! Il est adorable!

— Faut pas se fier aux apparences. Normalement, c'est un monstre! Sans blague, il est super. Je suis chanceux.

Lui aussi, avais-je envie de dire. Je me suis retenue. J'ai juste fait ce que j'avais toujours très bien réussi, c'est-à-dire cacher ma pudeur en changeant de sujet.

— Alors, ma vieille Caravan va durer encore un peu ou je lui réserve tout de suite une place à la fourrière?

— Elle est un peu capricieuse, mais elle devrait rouler encore un bout de temps, avec le travail que j'ai fait dessus!

On est passés du côté du garage où Bertha m'attendait… méconnaissable. Elle brillait d'un rouge de cadmium, avec quelques gouttes d'alizarine dedans. Elle se ressemblait toujours, mais le rouge vif lui donnait un éclat impressionnant.

— C'est Tyler, le gars avec qui je fais affaire pour la couleur, qui s'en est chargé. J'ai changé le *bumper*, alors la rouille est presque toute partie aussi…

Il a continué de m'expliquer tout ce qu'il avait remplacé dans son charabia de garagiste ; je ne connaissais pas la moitié des mots, mais c'était sûrement pertinent que j'écoute, ne serait-ce que pour comprendre la facture qu'il allait me refiler.

— Ça te va ?

— Honnêtement, je ne connais pas grand-chose à la mécanique.

— C'est pour ça que c'est ma job, et pas la tienne. Toi, tu fais quoi ?

Je lui ai montré mes mains en guise de réponse. Mes cuticules tachées d'ocre et de bleu de cobalt que j'avais réussi à nettoyer presque entièrement, sauf sur les jointures. Dans les paumes, un peu de corne, d'usure qui avait bu du vert et du noir…

— Wouah, tu as deviné que je lis dans les lignes de la main ? Voyons voir…

Il a attrapé mes mains et a feint de se concentrer. Il a glissé son index rugueux sur la plus grande ligne de ma paume gauche.

— Avocate, non ? Hum… vétérinaire ? Non, attends… quelque chose de moins manuel… psychiatre.

Il se moquait de moi. Peut-être avait-il constaté l'effet qu'il me faisait. Ses mains à lui étaient larges, robustes, noircies… Il était rare que j'en voie d'aussi amochées que les miennes! Ça avait quelque chose de rassurant. Des mains salies par le travail, ça ne pouvait pas mentir. Je ne sais pas s'il cherchait encore mon métier, ou s'il avait juste pris goût à la caresse. Je n'ai pas osé briser le silence qui s'était installé.

— Vous vous êtes embrassés?

Mathis était intervenu sans gêne, comme sorti de nulle part, tenant tant bien que mal un pichet de plastique et trois verres assortis décorés de motifs d'une autre époque en équilibre entre son cou et le couvercle du contenant.

— Oh! Ta mère aimerait sûrement pas beaucoup ça, dis-je en me reculant, maladroite, comme toujours.

— Ça veut dire que toi, t'aimerais ça?

Cet enfant était beaucoup trop allumé pour son âge. En fait, je ne savais pas du tout quel âge il pouvait avoir. Comme son père, d'ailleurs. Mais si je me fiais à sa taille... peut-être sept ans?

Jonathan, gentleman, m'a sortie d'embarras:

— Ça n'est pas de tes oignons, jeune homme, mais non, on ne s'embrassait pas, si tu veux tout savoir.

— Oui, je veux toujours tout savoir!

— Je sais bien, a soupiré son père, qui était allé refermer le capot avant de récupérer le pichet d'une main. Viens.

Mathis trottinait autour de nous avec ses verres dans les mains.

— J'ai pas de mère. Tu peux venir avec nous, si tu veux.

— Mathis! S'il te plaît.

— Ben quoi? Ce serait cool!

Le vent chaud a fouetté mes cheveux dans mon visage. J'étais contente d'avoir mes lunettes fumées, bouclier idéal pour se cacher du soleil... ou d'une pluie d'étoiles.

Mathis et moi avons siroté notre limonade pendant que Jonathan terminait la facturation. Comme je l'avais prévu, ça montait pas mal haut, mais avec l'héritage de papa, je pouvais me le permettre. Et s'il pouvait ainsi rester un peu plus longtemps avec moi...

J'ai salué Mathis et je l'ai remercié pour la limonade.

— De rien! Si tu passes dans le coin, tu viendras me voir, je vais t'en donner d'autre.

Sa candeur était désarmante. C'était tellement perdu comme endroit, personne ne devait passer dans le coin par hasard! Certainement pas moi, en tout cas... mais la perspective de revenir me séduisait.

Jonathan m'a raccompagnée, et je lui ai serré la main un peu trop longtemps en le remerciant.

— Y a pas de quoi.

En grimpant à bord de ma minivan, j'ai eu le sentiment de rentrer à la maison. L'odeur de la térébenthine était toujours imprégnée dans les tissus, comme la fumée s'accroche aux murs des vieux hôtels. Une plaie pour certains, un réconfort pour d'autres. Moi, ça me plaisait.

J'ai roulé quelques mètres, puis j'ai baissé la vitre, manuellement. Je me suis arrêtée devant Jonathan, qui avait rejoint son fils. Je lui ai crié:

— À propos, mon travail, c'est huissière! Tu étais complètement dans le champ.

— On est toujours dans le champ, c'est ici qu'on vit! a crié Mathis à son tour, soulevant des éclats de rire.

C'est sur ces notes joyeuses que je me suis éloignée dans ma nouvelle Bertha.

Les arbres défilaient sur le chemin, le vent faisait valser mes cheveux. J'ai remis Jimi Hendrix dans le lecteur pour qu'il reprenne son concert là où il l'avait laissé. Dans le rétroviseur, les lignes pointillées disparaissaient. En faisant tomber le pare-soleil, j'ai vu ce que je soupçonnais: j'avais un large sourire sur le visage.

C'est là que Bertha a fait demi-tour. J'ai testé son accélérateur qui s'est révélé à la hauteur des promesses de Jonathan.

Mathis n'était plus à l'extérieur, mais le garage était toujours ouvert. J'ai garé la minivan juste devant. Jonathan s'est approché à grands pas.

— Tu as oublié quelque chose ?

— On peut dire ça.

Merci à...

Andrée-Anne, ma lectrice numéro un.
Éric, mon complice de toujours.
Sandrine, ma magicienne.
Claude, pour les mots.
Paris, pour l'inspiration.
Guillaume, pour l'amour.
Hurtubise et vous, chers lecteurs, pour votre fidélité.

Table des matières

Suivez-nous

GARANT DES FORÊTS
INTACTES

Achevé d'imprimer en avril 2017
sur les presses de Marquis-Gagné
Louiseville, Québec